東京の面影

安藤鶴夫随筆傑作選

安藤鶴夫

幻戯書房

東京の面影

安藤鶴夫随筆傑作選

東京の面影　安藤鶴夫随筆傑作選

目次

1

昔・東京〜ラジオエッセイ

2 ずいひつ・かんだ 抄

3　昔・東京・うまいもの

装画……ながさわたかひろ
造本……島津デザイン事務所
編集……岸川真＋中村健太郎

1

昔・東京〜ラジオエッセイ

志ん生復活

1

東京都荒川区日暮里九丁目一一一四番地。これが、古今亭志ん生の、食う、寝るところに、住むところである。

日暮里九丁目というところは、妙なところで、ひょいと、道をひとつへだてて、初音町《はつねちょう》、天王寺などという谷中《やなか》の町が、台東区で、もうひとつ、道をへだてると、これが、駒込になって、文京区。それにほんの一と足で田端になって、これを北区という。

つまり、なんのことはない、日暮里九丁目というところは、荒川区でいて、北区と、文京区と、台東区に、とりかこまれているところである。

だから、都電だと駒込坂下町《まち》、国電だと日暮里駅。志ん生のうちは、ちょうど、その、まんなかごろにある。

日暮里というところ、〈江戸名所図会〉によると、〈感応寺裏門のあたりより、道灌山をさかいとす。このへん、寺院の庭に、おもしろき石をたたんで築山《つきやま》を設け、春夏秋冬、草木の花絶えず、つねに遊び逍遥するによし。就中《なかんづく》、きさらぎのなかばよりは、酒亭、茶店の床几《しょうぎ》、ここやかしこに並びて、風流びと、袖をつどえて、春の日の永きを覚えぬをそのままに、日ぐらしの里とは名づけたり〉と、ある。

日暮里駅の高台で、国電を降りると、その昔、江戸の文人、墨客などという風流人がいとしんだ寺が、いまも、たくさんに残っている。そして、本行寺を月見寺、浄光寺を雪見寺、修性院《しゅしょういん》、青雲寺《せいうんじ》を花見寺といっていたが、いまでは、花も、月も、雪も、わざわざみにくるひとは、もう、だアれも、いなくなってしまった。

志ん生のうちへいくには、降りたら、駅を左へ出る。途中から、道が、二た股《また》にわかれて、坂が出てくる。

まッすぐ降りてゆく坂が、御殿坂、左へ曲って降りてゆくのが、七面坂。御殿坂の方は、アスファルトの階段になっていて、自動車は、降りられないし、自転車は、降りて、階段のはじッこを、すべらせていく。なんでも、この坂の、工事の途中で、予定が、変ったとかいう話だが、広い東京にも、こんな、へんな坂は、ほかにはない。

この坂の下に、賑やかな商店が、ぎッちりと並んで、赤や、白や、黄色い幟《のぼり》や、旗を立てて、春夏秋冬、いつでも、ちんどんやの楽隊が、音を立てている。一年中、大安売り、大売り出しをしているような街である。

そんな街が、目の下にぱッと出てくるのに、自動車に乗ったやつは、そこを降りてゆくことが、出来ない。

志ん生のうちは、そんな街の、路地を二つ、三ついったところにある。いちど、このへんを歩いていて、ひょいと、そんな路地の角に、ひょろっと、柳の立っている志ん生のうちを発見して、わたしは、なんだか、たまらなく、嬉しくなって、ゴミ箱の上へのっかって、塀の中を、のぞいてみたことがある。盆栽の鉢が、廊下に、いっぱいに、陽をうけて置いてあって、しんとして、誰も、人影は、みえなかった。

岡本文弥という洒落人《しゃれじん》が、去年、こんな新内を、新作した。

〽昔馴染みの、なめくじたち、

なめ六、なめ助、ナメ五郎、
友の出世を祝わんと……

本所業平橋《なりひらばし》の、なめくじ長屋で、志ん生と、一緒に暮していたなめくじたちが、日暮しの里に、志ん生が、うちを立てたというので、ひとつ、祝おうじゃアねえかとなって、この、交通地獄の、東京の町中《まちなか》を、えッちら、おッちら、なめくじたちが、日暮里までやってきてみると、さて、志ん生のうちは、たいへん、立派なうちである。昔のなめくじが、みすぼらしいかッこで、おめでとうございます、でも、あるまいというんで、なめくじたちがまた、業平橋へ帰っていくという、洒落た新内である。

それをきいていて、わたしは、ほろッとした。

で、わたしは、ゴミ箱の上から、庭をのぞいた時以来のことで、はじめて、志ん生のうちに上った。去年の、二三日前《んち》から、梅雨に入ったある日の、昼下りである。

2

一昨年《おととし》の、十二月の十五日、巨人軍の、忘年会の余興にたのまれて、一席、しゃべっているうちに倒れた志ん生である。

だから、半年以上も逢っていない。わたしの顔を見ると、やにわに、
▽「で、このウ、酒の問題ですがね」
といった。

こんちわ、でもなければ、おひさしぶりでも、ない。

粋《いき》な唐桟《とうざん》の半天《はんてん》を着て、襟ンとッから、吉原つなぎの浴衣が、少うしのぞいている。

わたしが、挨拶をしようとしたら、とたんに、かぶせるように、
▽「で、このウ、酒の問題ですがね」
というのである。

いったい、志ん生の落語というものは、ぽかッと、突然、まったく、違った方角に飛躍する。

話、そのものもそうだが、話し方、少しえらそうにいうと、表現、までが、突然、まったくこ

ろりッ、と、違ったアングルの、表現にかわる。この飛躍が、志ん生の芸を、生き生きとし、また、おもしろくもしているといっていいだろう。

だから、普通の人間ならば、だ。普通の人間ならば、前の年の、秋に逢ったきりで、途中、死ンじゃうような病気ンなって、半年以上も逢ッちゃアいないんだから、まア、「こんちわ」ぐらいのことはいいそうなものだが、……いわない。

そこが、志ん生である。こんちわなんて飛躍して、いちばん、いいたいことは、

▽「酒！　酒、酒！」

酒だということである。酒のことばかり考えていたから、そのつづきで、

▽「で、このウ……」

と、いうことにある。

コッちはまるッきりそんなこと考えちゃアいないのに、まるで、さっきからの話のつづきの

ように、

▽「で、このウ、酒の問題ですがね」

という志ん生の最初のひとことが、なんとも、ひどく、おかしくって、そのあと、すぐ、ああ酒のことを考えていたんだな、と、思ったら、急に、志ん生がかわいそうになって、涙《なみだ》が出そうになった。

▽「医者のいうのにはね、まア、盆の十五日《んち》まで我慢して、十五日には、あたしも一緒につきあうから、酒開きをしようじゃねエか、ッてことに……」

いつでもぎらぎらと、酒びかりのした、あから顔だったのが、しらッちゃけて、少し痩せて、目のまわりなんかが、少うしこわい顔ンなって、その目尻をさげて、げたげたッと、笑っている。

▽「盆の十五日に、酒開きをやるんだ、あたしゃア」

そばから、おかみさんが、

▽「なにょウいってんだよッ、おまえさん！」

てえと、もうひとり、おやじの志ん生と、弟の志ん朝の仕事を、一切、マネージしている長女の美津子が、

▽「おとうさん、なにいってんの！」

という声が、一斉に、起った。

おかみさんも、美津子も、一緒に、まるで、火でも消すようなかっこで、同時に、おなじように、右手を勢いよく、上から下へ、さッ、と、おろした。この頃、あんまりみなくなったしぐさだが、なんだねえお前さん、などという時にする、あの、下町の、女の手つきである。

そうしたら、志ん生は、くすん、と、なんだか、ひどく、恥かしそうにして、下を、向いた。

わたしには、その、志ん生の恥かしさが、手に取るように、わかった。大酒のみが、酒ののめなくなるくらい、はずかしいことはない。なんだか、いままでと違った自分になッちゃったことが、ひどく、世間さまに対して、はずかしいのである。

げんに、このわたしがそうなのである。わたしも、つい、このあいだまでは、志ん生に負けないくらいの、大酒のみだったが、やっぱり、のんではいけないからだになって、いま、止めている。だから、のめなくなって、ひどく、恥かしく、肩身のせまい思いをしている。だから、志ん生の、いくら、からだのためとはいえ、酒がのめなくなッちゃったのが、はずかしくって、仕様がないという気持ちが、手に取るように、よく、わかるのである。

わたしは、志ん生と、たまにのんだが、ある時、志ん生は、ひどく、御機嫌になって、こんな大津絵をきかしてくれたことがあった。

〽冬の夜に風が吹く
しらせの半鐘がじゃんと鳴れア
これさ女房わらじ出せ
刺ッ子　襦袢　火事頭巾

四十八組追追《おいおい》と
お掛り衆の下知を受け
出ていきゃ女房はそのあとで……

よっぱらって、志ん生の、こんな大津絵をきいていると、なんだか、そくそくとかなしくなった。なんだか、志ん生の大津絵には、瓦斯《ガス》灯のともった、明治の、東京のようなあわれが、あるのである。

そして、志ん生よりもひと足さきに、志ん生とおなじように、酒をやめた男の意見なら、もしかすると、もしかすると、聞いてくれるか、と、思った。

そこで、わたしも酒ののめないことが、世の中に対して、はずかしくって、仕方がないが、しかし、からだのためなら、仕様がねえじゃアねえか。それに、お互いに、天下の大酒のみだ。お医者様から許されたって、二合や三合のはした酒なら、いッそ、のまねえ方がいい。そうだろう？　といったら、志ん生は少し考えていて、コックリをした。それに、志ん朝だの、馬生だのッて、志ん生さん、こどもたちゃア楽しみじゃアねえかい？　楽しみだね？　といったら、こんどはまた、大きく、こっくりした。じゃア、じゃアいいじゃアねえか、のまなくったって、生きてこうじゃアねえか。ええ？　志ん生さん！

そうしたら、

▽「そういうふうにいわれると、……それもそうだと思うから、やめようと、思うね」

といった。

3

一昨年《おととし》の十二月の十五日である。夕方から、高輪のプリンス　ホテルで、巨人軍の選手と家族ぐるみの忘年会に、お座敷が掛かっていた。

なんでも、五時ごろに、かるく、一席、やってくれればいいというので、志ん生はフジ　テレビの仕事をすますと、長女の美津子と一緒に、高輪へ急ぐ車の中で、あれこれと、演題を考えていたが、そうだ、〈万病丹〉でもやろうと思った。

五時という約束が、ずいぶん、待たされたので、訊くと、川上監督が、なんだか、銀座のどこかへ、忘れものをしたとかで、もう、すぐ帰るから、もう、少し待ってくれとのことだった。

師走の、自動車の交通事情は、とくにひどく、なかなか、川上監督は帰ってこなかった。

六時ちかくになって、じゃア、はじめますからお願いします、と、いってきた。

バイキングの食堂で、料理の皿を、一杯にのせたテーブルの前に、わざわざ、志ん生のために山台《やまだい》をつくって、その上に、坐ってやるようになっている。

志ん生は、頭を上げたとたんに、目の前に、大勢のひとが、うようよと、動いているのをみた。開会が遅れていたので、余興と一緒に、バイキングの方もはじめたので、いま、ちょうど、料理のところへ、手に手に、皿をもった家族たちが、集まったところである。

たべる方も、予定より、長く待たされたのだから、無理もなかったが、そんな騒ぎを目の前にして、芸なんかの、やれるものではない。

志ん生は、やだなと思った。

少し、しゃべっているうちに、自分の声が……
▽ズーズー、ズーズー、ズーズー。
ときこえる。変だな、と思って、もっと、つづけて喋《しゃべ》ったら、こんどは、自分で、なにをしゃ

べっているのか、わからなくなった。

前にも一、二度こんなふうなことがあって、トイレへいくと、けろッとなおったので、たいした心配もしなかったが、しかし、今夜は、いつもと、少うしばかり様子が違っているようだ。

そんな騒ぎのなかに、

▽「ちょっと、自動車、いけないよ！」

という声がきこえた。

どうも倒れちゃったらしいな、と思った。畜生ッ！　きょおは、朝、コップでいッぺえのんだッきりじゃアねえか、テレビィいって、なんだか小咄《こばなし》をひとつやって、あと、急ぐからって車ィのって、頭ア上げると、大ぜいのおしりがめえて、ちえッ！　こいで倒れるンなら、待ってる間にのんでれアよかった……

……おやおや、誰だッけな、ええと、朝太か、馬生か、あ、小さんもきてやがら、なんでえ、大ぜいきてやがんな。ああ死んじゃうんだな、どうせ死んじゃうんなら、いッぺえ、いッぺえ、のましゃアがれアいいじゃアねえか……ああ、これが死ぬってえンだなア……、なるほど、死んだ古いともだちの、三笑亭可楽が、梯子段から落ッこッて、背骨を打って、もう死ンじゃうッて時に見舞いにいったら、孝ちゃん、おかしなもんだねえ、ええ？　死ぬってこたアね、そんなに、やなこっちゃアないよ。なんだかこう、いい気持ちのもんでね。なんだか知れないけど、こう、うッとりとね。どっか、こう、いいとこィいくような気がするよッ、ていったが、なアるほど、これなら、べつに悪かアねえじゃアねえか……

二月のある朝、すうーッ、と、目がさめた。

▽「おい、どうしたい？」

古今亭志ん生の、再起、第一声である。
病室には、誰もいなかった。窓の外を、雨が、降っているらしい。志ん生は、しずかな、雨の音をききながら、あ、助かったなと思った。そうか、助かッちゃったのか、と、思ったら、なんだか、

▽「いやだな」

と、思ったそうだ。

なぜ？　と、わたしは、志ん生に、そのわけを、訊かなかった。訊かなかったが、わたしには、これも、わかる。あのまんま、すうーッ、と、死んじまやアいいのに、また生き返ッちゃったのが、たぶん、江戸ッ子らしくないと思って、志ん生は、それが、きっと、気はずかしいのであろう。

志ん生は、そんなことを、わたしに、話してから、

▽「まア、なんだね。ほんとうに考えてみると、あたしぐらい、しようのねエ人間はねえン。よく世の中に、こうやっていられると思うぐらい、自分で愛想が尽きちゃう。自分で愛想が尽きンだから人も愛想が尽きるね。けど、じゃアどうしようてエ訳にもいかねえから、こうやっているようなもンの、この、のんだくれの、手のつけられねえあたしを、まあ、長年《ながねん》よく、あのかかアは、世話してくれるよ。まッたく、済まねえと思うな……」

そういって、めずらしく、志ん生が、ほろりとした。

4

それから、去年の十一月十一日。きのうまで、降っていたのに、その日は、秋晴れの、うつくしい日だった。

志ん生が、十一カ月ぶりで、寄席の高座へ、めでたく、復活するという日である。

▽「どうして、寄席へ出たいかといいますとね。べつに、なにも、銭がほしいンで、出たいわけじゃアない。寄席へ出ていって、また、はなしをやっていれば、そこで、思い出せることもあるし、お客様にもお目どおりしたい、ということもあるし、それであたしは寄席へ、出たいんだよ。……」

明治二十三年六月の五日、東京は、神田の亀住町《かめずみちょう》に、生まれた。寄席で、音曲師が、

〽夏の眺めは両国で　出船入船屋形船　のぼる流星ほしくだり　玉屋がとりもつ縁かいな

と、いう、あの、縁かいな節がはやった頃である。だから、去年の十一月というと、いまふう

にかぞえて、七十二歳。四代目の橘屋円喬の弟子になって、朝太を名乗ったのが、十一の時だから、高座生活六十年である。朝、目をさますと、床の中から、

▽「お天気かい？」

と訊いた。美津子が、

▽「いいお天気ですよ」

といった。

床の中で、目をつぶって、

▽「きょう、いよいよ、寄席へ出るってンだけども、無事につとまるかなア」

志ん生らしくなく、そんなことを考え、妙に、気をもんだそうだ。

日暮里のうちで、ひさしぶりに、高座着の、紋付を着た。少し、まだ、右が不自由なからだで、白足袋をはいて、弟子の肩につかまって、立ったらば、おかしなもので、これから、芸をやるのだ、と、いう、しゃんとした、気持ちになった。

かみさんが、いつものように、志ん生のうしろで、切り火を打った。志ん生のために打たれた、一年ぶりの切り火である。

美津子が、ひと足さきに出て、弟子の朝馬《ちょうば》と、今松《いままつ》が、志ん生の両脇について、路地へ出た。銀杏《いちょう》の葉ッぱが、すっかり、もう、色づいていた。自動車の入りにくい路地だが、いちばん、ちかくまで、入って来てもらうように、たのんだ。

志ん生は、寄席へ出ることがきまってから、歩く練習だといって、毎日のように、表通りまで、娘や、弟子に、手を引かれて、出て歩いた。それをみて、おかみさんは、あんなにも、寄席へ出たいんだねえ、といって、かくれて、そっと、泣いたそうである。

去年、東京は、秋天晴晴といったような日が、少くって、へんに、じめじめと、うすッくらいような日が、多く、ゆうべまで、雨だったのに、その日は、めずらしく秋晴れの、あくまで、うつくしく空の晴れ上った、さわやかな日であった。

近所のひとが、志ん生の姿をみつけると、あ、志ん生さんだ、といって、ひとり、ふたり、五人、と、立ちどまって、そのうちに、酒屋だの、とうふやだの、洗濯屋だのといった、御用聞きのひとたちまでが、立ちどまって、みんな、ああ志ん生さんがなおってよかった、というような、そんな、善意に満ちた顔を向けた。そのうちに、誰かが、きょおから、志ん生が新宿の寄席に、一年ぶりで、出演をするんだ、と、いい出した。たぶん、新聞ででも、読んでいたのであろう。

志ん生が、自動車に乗ると、自動車の、窓の両側に立っている、近所のひとたちの、誰からともなく、志ん生さん万歳——ッ、と、いう声が、起った。

近所のおかみさんだの、こどもだの、御用聞きのひとたちが、志ん生の復活を喜んで期せずして叫んだ万歳であった。

志ん生の顔が、まるで、泣いているように、くしゃくしゃッとなった。

その日、帰りの、自動車の中では、志ん生は、たいへんなごきげんで、一年ぶりにみる東京の、町の変りかたに、まるで、おのぼりさんかなんかのように、びッくりしちゃア、大きな声を出したりしたが、その日の、いきの車の中では、娘の美津子と、弟子の今松のあいだにはさまった志ん生は、冗談口ひとつきかずに、むッつりと、口をつぐんでいた。一年ぶりに出る高座が、いったい、どんなことになるのか、おそらく、志ん生にとって、そのことだけで、いっぱいだったのであろう。さすがの、志ん生が、である。

考えると、志ん生を、寄席に出す決意をしたうちの者も、果して、どんなことになるのか、もしかして、その高座で、また、倒れはしないか、万一、そんなことがあった時の、世間の、うるさい批判のようなことまでを考えて、うち中、生きた空はなかったそうだ。

とくに、いつものように、切り火を打って、志ん生を送り出したおかみさんは、いま、志ん生が、倒れたといったふうな、電話が掛るか、と、そればッかりを気にして、立ったり、坐ったりしていたという。

寄席へ出たがる志ん生を、寄席へ出すについては、それにはまたそれだけの、志ん生のうちの者の、きびしい注意があったのである。

5

わたしは、志ん生復活の、その最初の高座が聞きたくって、新宿の末広に、時間を訊くと、二時半の上《あが》りだという。

昼席の主任は、林家三平で、馬の助、小円朝、円楽、円蔵、小勝なんかの出ている時で、時間、すれすれに、飛びこんでゆくと、貞丈の講談が、いま、終ろうとするところであった。

どこかのテレビがヴィデオどりをしていて、ぎっちり、詰まった末広の、寄席のうしろに、ぬうッと、テレビのカメラが置いてあり、そんな、満員の寄席の中を、そのあとに出る志ん生を撮影しようとして、ニュース映画や、新聞、週刊誌なんかのカメラマンたちが、いい場所をみつけようと、うろうろしている。

わたしは、いちど、うしろの立見席の、そのまたうしろから、大ぜいの肩越しに、高座をのぞいていたが、もっと、ちかくで、志ん生がみたくって、みまわすと、高座にむかって、左ッ側の、これも、立見のところへ、どうやら、割りこめそうなところがあるのをみつけた。そこからだと、斜《はす》ッかいにはなるが、ひどく、高座には近くなる。そのうちに、貞丈の講談が終って、するするッと、緞帳《どんちょう》が降りた。

昼席の、ぎッちり詰まった満員の、寄席である。幕がしまって、少し、長い時間が経過した。ふだんだと、せッかちな客が、おいどうした、などというところだが、誰も、そんなことをいう客がなかった。こんどは、志ん生だと、みんなが知っているからである。そして、なんだか、志ん生が、高座へ顔を出すのを、末広中のお客さんが、ひとりひとり、みんな、期待で、いっぱいになっているといったふうな、一種の、熱気のようなものが、寄席のすみずみにまであふれていた。

と、幕の裾の方が、ぱッとあかるくなった。あかりが、入ったのである。すると、下座が、しずかに、のっとを弾きはじめた。のっとは、いわずと知れた、志ん生の出ばやしである。寄席のお客さんは、いまだって、うれしい客が、多い。のっとがはじまると、あ、いよいよ志ん生だな、と、わかると、寄席の方方から、声が掛った。

するすると幕が上った。

割れるようなさわぎである。

釈台を前にして、黒の紋付、羽織を着た志ん生が、両手を、上へのせて、ほんの少しこごみかげんに、からだを、前に、のりだすようなかっこで、かるく、頭を下げていた。

このごろ、粋な落語家《はなしか》が少くなったが、ひさしぶりにみる志ん生の、いきな高座の姿である。例によって、お辞儀らしいお辞儀でなく、かるく、頭をさげて、目は、寄席をみている。そして、志ん生は、そのまま、しばらく、寄席の、そのざわめきを、みていた。そうしたら、きらッ、と、志ん生の目に、泪の光ったのが、わたしの立っている場所から、よく、わかった。自分が、また、高座へ出られたことを、こんなにも喜んでくれるお客さまを、まのあたりにみて、たぶん、志ん生は、感動したのであろう。

楽屋の、すきまというすきまから、大ぜいの、いきをつめたような、真剣な顔が、高座の志ん生を、みつめている。

いつもだと、すぐ、ええ、とはじまる志ん生なのに、そこで、ひとつ、ごくりッ、とつばをのむような間があった。

▽「えーえ」

といって、

▽「長らく、起きられなくッて、なにしろ、二た月ばかり、まア、世の中のことを知らないというようなことンなって、そいで、あっちの方へ行きかけたんですけども、地獄の入《はい》り口で、ことわられて、……もうすこしお前《めえ》、しゃべったらどうだ、なンていわれたんでね。また、こっちへ帰ってきちゃったン……」

十八番の〈かわりめ〉の話に入る前、まくらでこんなことをいった。
これが、古今亭志ん生の、復活第一声であった。

東京のまつり

1

東京の祭というと、すぐ六月の山王祭、八月の深川の八幡祭、それから九月の神田祭と、江戸以来の三大祭を思い出すが、妙によその町内の祭というのは、そんなにも有難くなくって、やっぱり、自分の生まれた町内の祭が、なんといってもなつかしいものである。

わたしは浅草の向柳原二丁目というところで生まれて、すぐ、隣り町《ちょう》の、猿屋町《まち》という町内で育ったから、鳥越《とりこえ》神社の氏子である。

歌沢の男の師匠が住んでいたり、肩に荷を背負って出かけるせり呉服が、ひっそりと、路地の奥に住んでいたり、両国の花火の音を聞いては、おや、きれいだよ、といったカンのいい中年の女按摩が住んでいたり、いかにも東京の下町らしく、人がよくって、情があって、親切で、愛嬌のいいひとたちばかりが住んでいた。

その猿屋町という呼び名が、台東区浅草橋三丁目と変って、相撲がはじまると蔵前の国技館の客を乗せたり、降したりする国電の浅草橋駅が出来て、いまでは小じんまりとした問屋さんの並んだ町になっている。それにこの頃、鳥越のことを、みんなトリゴエなどと、にごって呼ぶようになったが、わたしがまだこどもの時分には、はっきり、トリコエと、澄んだ呼び方をしていた。

鳥越神社は六月のはじめの祭で、夕方の膳に、ぽつぽつそら豆が出るようになると、あ、お祭がちかいな、と、こどもごころにそう思った。

わたしは、祭の日よりも、その前の晩の宵宮《よみや》が好きである。

祭をあしたにひかえて、東京の下町のこどもたちは、みんなうきうきし、みんな、なんだかはしゃいだ。あしたっからお祭なんだから、早くねなさいよ、と、母親にうるさくいわれても、どうしてなかなか眠れるこっちゃアない。

しまいに、おこられるようにして、寝床へ入る。と、表通りの御神酒所《おみきしょ》から、ゆうるく、祭ばやしの鎌倉が聞えてくる。

枕許に、町内の揃いのゆかたをきちんとたたんだのが置いてあって、その上に、さわると、すぐ音を立てる小さな鈴のついたたすきを置いて、それからわきに、花笠を置いたりして、寝る。どうも枕許のそれが気になってしようがない。お天気の工合も気になる。手をのぼして、たすきをちょいとひっぱってみると、カラッ、と鈴が音を立てる。

これで、まだねないでいることがばれて、となりの部屋の長火鉢の向うで、縫いものの針をはこんでいる母親が、まだ起きてるの、早くねるんですよ、と、また声をかける。

そういえば、いま、鈴の音をさせて、路地を通っていったのは、あれはあきちゃんであろうか。なんだい、まだあきちゃん起きてるんじゃないか……。

そんなことを考えているうちに、表通りから聞えてくる祭ばやしを、子守唄のかわりにして、いつの間にか、眠ってしまう。

多かれ少かれ、こんなこどもの時の記憶は、明治から大正にかけて、東京の下町で育った者には、誰でもおぼえのあることである。

それがまた、むかしの東京というものに通じる一種の郷愁でもあろうか……。

2

祭の町は、なんだかいつもの町と違ってみえる。

町中、いつもより掃除がいきとどいて、事実、畳屋さんの店なんかが、紅白の幔幕《まんまく》をめぐらして、金屏風を立てると、金色《きんしょく》さんらんたる獅子頭を飾って、前に青竹をめぐらして、一面に銀砂《ぎんすな》が敷いてある。そこに、子供神輿がおいてあって、青竹のかこいの外に、車にのせた大太鼓がある。朝から、こどもが叩いている。

そんな神酒所ができるかと思うと、店の前に、葭簀《よしず》でかこった小屋をつくって、これも青竹に銀砂で、正面に、細長い聯《れん》を立てかけて並べてみせる、聯合せが飾られたりする。

聯というものは、詩だの、絵を書いたり、それから短冊をはさんだり、また花の器をかけて、そこに花をさしたりして、本来は柱をかくす飾りだが、この聯合せという趣向も、そういう心がなくては、いけないものだそうである。たとえば、芝居の狂言を見立てた聯合せもあれば、その頃はやった端唄《はうた》を見立てた趣向のものもある。

たとえば端唄の見立てだと、長い聯のいちばん上のところに、扇を開いて、要《かなめ》の方を上にして、さかさまにとめる。と、これは蛇の目の唐傘《からかさ》という見立てである。その扇の要のところに、綿をのせてあるのは、雪という心である。そのすぐ下に短冊があるが、これは太い楊枝を、舟を漕ぐ、あの櫂《かい》の形に削って、その櫂の楊枝で、短冊の右の肩のところをとめてある。短冊には、枯れた芦の絵を描いて〈鐘遠し待つ身につらき霜の声〉という句が書いてある。そしてその下には、白いハンカチを使って、光琳の描いた千鳥の形にハンカチを折って、それを二ッつ、ピンでとめてある。これがわがものの端唄の見立てである。これで、その頃の東京のひとは、〽わがものと思えば軽き傘の雪　恋の重荷を肩にかけ　妹《いも》がりゆけば冬の夜の　川風寒く千鳥なく　待つ身につらき沖の石　じつにやるせがないわいな、という、唄の見立てだということが、すぐわかったのである。

そのものずばりの品物を使ったのでは、聯合せの趣向にならず、扇や綿やハンカチなんかで、わがものの唄を見立てたその機智が、珍重される。町内の、雑俳なんかをたしなむ誰彼《たれかれ》が、毎年、祭になると、そんな腕をきそったものである。

そんな聯合せを並べた葭簀ッぱりの小屋の脇には、たいてい、箱庭や立版古《たてばんこ》なんかができていて、それがまた、東京の下町のこどもたちの夢をさそった。

箱庭には、たいてい、水車小屋があったり、土橋のかかっている細い流れがあったりして、蓑《みの》を着て、笠をかぶった、泥の、小さな人形が、かわいらしい舟をこいでいたりした。それがこどもごころに、たいへん、ひなびた、田舎のけしきに見えたのである。

立版古というものも、いまではもう説明をしなくてはわからなくなったようだ。立版古は、起し絵ともいうが、木版の古風な絵を切りぬいて、そっくり、芝居の舞台面のように、遠くの方をせまく、手前の方を広く、大きく組み立てて、あかりなんかをつけたりして、芝居の舞台をそのままにみせるおもちゃである。大芝居で上演される狂言が、すぐ、絵になったが、夏祭浪花鑑《なつまつりなにわかがみ》の団七と義平次の泥試合の幕があったり、曾我の討入りの場面があったりした。前に幕をひいたりして、つまり、芝居の舞台をそのままみせたところがいかにも下町らしいおもちゃであった。絵草紙屋からその絵を買ってきて、うちで切り抜いて、組み立てるのだから、ほんとうは大人のおもちゃである。

草田男に、起し絵の男を殺す女かな、と、いう句がある。立版古は、俳句の季寄せにあることばだが、立版古そのものは、とっくにもうなくなってしまった。箱庭というものも、めったにもうみられない。

聯合せ、立版古、箱庭、そんなものも、東京の祭の頃には、なくてならない風物であった。

3

学生の頃から、大学を卒業して、ぶらぶらしていた時分まで、わたしのうちは本所の駒形河岸《こまがたがし》にあった。

浅草から吾妻橋をわたると、ビヤホールを左にみて、すぐに右へ曲る河岸である。駒形橋を渡ると、こんどは逆に、すぐを左へ曲る河岸通りで、東駒形といった。

その河岸通りのうちで、おやじは義太夫の稽古所をやっていた。

隣りに、大きな図体をしては、始終負けてばかりいるお相撲さんが住んでいて、おやじとわたしが二人で、両国の国技館へでかけては、大きな声で、そのお相撲さんを声援するのだが、まず、たいていての時は負けてばかりいた。

誰も、声なんかかけない相撲なので、まわりの客がへんな顔をして、わたしたち親子をみたが、そんなことは構わず、おやじも、わたしも、一生けんめいに声をかけた。千秋楽の日には、そのお相撲さんがうちへ挨拶にきて、すんませんといった。たぶんわたしたち親子が声援するのに、負けがこんで、それで、すんませんというのであろう。そして千秋楽の晩には、暗いあかりをともして、二、三人、間抜けな手拍子を打ちながら、相撲甚句なんかをうたうのが、路地をひとつへだててきこえてきた。こっちが、義太夫の稽古所で、向うが相撲甚句である。わたしはそんな中で、ふと、読みかけの本をとじたりして、なんだか、世の中っておもしろくって、かなしなと思ったりした。

4

そこの本所の祭には、まるで興味がなくって、橋を一つ渡った浅草の三社祭は、自分の生まれ故郷の祭でもあるかのような、なつかしさでいっぱいだった。

わたしは、ものごころついてからでも、やっぱり、宵宮が好きで、よく、三社の宵宮の町を歩いた。

あかるく賑やかな仲店の通りを、わざとよけて、ひと側《かわ》、裏通りの細い路を歩くと、扇を売る店だの、染物の店だの、髪結いさんのうちだのという中に、ぽつんぽつんとした、しもたやが混っていて、障子越しに、祭のゆかたを縫っている女のひとがみえたりする。たぶん仕事におわれて、ぎりぎりの日までゆかたを縫えずに、宵宮の晩に、あわてて、その仕事にしたがっているらしいそのけしきをみて、わたしは、なんとなく、ちょっと、立ちどまったりする。そんなちらっとみた情景の中に、いかにも、東京の下町の生活がしみついている。

浅草っ子の絵描きさんである鴨下晁湖《ちょうこ》に、降りいでし三社祭の宵宮かな、という句があるが、三社祭というと、一日は、ふしぎに、雨が降る。

浜成《はまなり》、武成《たけなり》の兄弟が、一寸八分というかわいらしい観音さまの像を、浅草川からみつけて、そしてもうひとり、土師真仲知《はじのまつち》と、その二人の兄弟を祀った三社様の祭だから、水に縁があるのだといわれている。

清元の三社祭は、ほんとうの外題《げだい》を〈弥生の花浅草祭〉というが、いまは三社の祭礼は五月の十七、十八日になったが、それは明治五年からあとの話で、江戸の頃は三月の十七、十八日が祭だったので、それで弥生の花浅草祭というのである。

おどりの三社祭では、二人の男が漁師の姿で出るが、あれは浜成と武成の姿をみせたもので、三社さまといわれる浅草神社の紋章には、そんなわけで、投網《とあみ》のほしたのが描いてある。

東京に祭も多いが多いが、三社祭は、まず東京の夏の祭をうけたまわる、その、さきがけである。

〽弥生なかばの花の雲
鐘は上野か浅草の
利生《りしよう》は深き宮戸川
誓いの網のいにしえや

三社祭の氏子中《うじこじゅう》

いつ頃からそういう祭の演出がなくなったのかは知らないが、江戸の頃の三社祭には、隅田川を神輿がわたるという、たのしい演出があったようだ。

三月十八日、三社祭に二日目である。神輿が三つ、浅草の大通りを雷門から駒形、蔵前、そして浅草御門というからいまの浅草橋まで渡御する。

浅草御門から、神輿を船にうつすというから、神田川である。だから、柳橋をくぐって、大川へ出る。祭ばやしも華やかに、船は、花川戸と山《やま》の宿《しゅく》にとまって、そこからまた神輿が陸《おか》へ上ると、こんどはいまの二天門、昔の随身門《ずいじんもん》から、浅草神社へ還御する。

はじめ、浅草の大通りを進んで、帰りは、神輿が船で隅田川をのぼってくるというのは、いかにも江戸の祭らしく、華やかで、大きな演出である。

この日は、昔から大森の六郷村のひとたちが、たくさん、漁船を出して、大川をのぼる三社の神輿を守護したというが、これは六郷の漁師たちが、昔、浅草に住んで漁師をしていた恩を忘れないためだという話である。

むろん、この神輿の渡御には、三社の、氏子の、町町が美しい飾りものをつくって、長いパレードをみせたという。氏子の町町は二十番三十一カ所。まず一番が茅町《かやちょう》一丁目、おなじく二丁目。二番、瓦町《まち》、天王町《ちょう》。三番、旅籠町一丁目、二丁目、御蔵前片町。四番、黒船町、三好町。五番、並木町《ちょう》、茶屋町《まち》。六番は駒形町《ちょう》。七番は諏訪町。八番は三間町。九番、田原町一丁目、二丁目、三丁目。十番が東仲町。十一番が西仲町。十二番は南馬道、北馬道。十三番、材木町。十四番、花川戸。十五番は山の宿。十六番が聖天町《しょうでんちょう》。十七番は聖天横町。十八番は金龍山下瓦町《したかわらまち》。十九番、山谷浅草町。二十番、田町一丁目、二丁目……。

5

三社祭の宵宮というと、わたしには忘れられない記憶がある。

永井荷風作、歌劇〈葛飾情話〉が浅草のオペラ館に上演された時のことで、忘れもしない、その舞台稽古の夜が、ちょうど、三社祭の宵宮であった。

あれは、昭和十三年五月十六日のことだから、数えてみると、もう二十五年の、昔、むかしの話である。

昭和十三年というと、荷風が六十歳のことで、その前の年には〈濹東綺譚〉を発表している。荷風は〈濹東綺譚〉で玉の井を書いたあとで、こんどは、浅草に異常な好奇心を持った。

とくに、荷風はオペラ館を愛した。オペラ館は、俗に六区の通りといわれている興行街を、すしや横丁の方から入ると、右側で、角が金龍館、常盤座、東京倶楽部、はすに路地があって、それから電気館、千代田館、それから伝法院《でんぽ》へ出る、少し、広い通りがあって、俗称ひょうたん池の通りとの間に、ちょっと、三角形の、デルタのような形で、オペラ館がある。

その頃のオペラ館は、ヤパン・モカルというへんてこな名の劇団で、これはサトウ・ハチローが、日本もうかるという洒落でつけた名であった。

永井荷風がオペラ館へ通いはじめた時分の、ヤパン・モカルの、座長は清水金一、当時売り出しのシミキンである。ほかにスターとしては木村時子、丸山和歌子、羽衣歌子、岩間百合子。それに毛利好尚《こうしょう》、増田晃久《こうきゅう》、吉田武雄などという顔触れである。

いったい当時の浅草は、映画のほかに、実演としてどんな劇団や、どんなひとたちがいたかというと、常盤座が笑の王国で、その年の四月には、すでに六周年の記念公園をやっている。笑の王国は、だいたい、トーキーで失業した映画の説明者、即ち弁士といわれたひとたちが中心の劇団で、徳川夢声、生駒雷遊《いこまらいゆう》、大辻司郎、山野一郎、それに古川ロッパ、渡辺篤《あつし》、三益愛子などというひとたちがいたが、当時ロッパは、もう、そこから東宝に、千両役者で買われていたし、渡辺篤や三益愛子なんかも、作者の菊田一夫などと一緒に、ロッパの一座に入って、もう丸ノ内の舞台に移っていたあとのことだ。だから、笑の王国の顔ぶれは、田谷力三、サトウ・ロクロー、只野英助、森八郎などというひとたちに変っていた。

松竹座には、エノケンのピエル・ブリアントという一座が出ていたが、エノケンもその年の四月には、これも東宝の専属になって、浅草を飛び立っていった。

池の前の花月劇場は、吉本ショーが売りもので、川田義雄、坊屋三郎、益田喜頓、芝利英《しばりえい》のあきれた・ぼーいずや、それに中川三郎のタップなんかに人気があって、中村メイコが、ベビー・スターでよく出ていた。

国際劇場の松竹少女歌劇は、まだターキーが全盛の時代で、ほかに、公園劇場では女剣劇の不二洋子が、ばったばったと、荒男《あらおのこ》を切り倒していた。

時代は、前の年、日本とドイツとイタリーの三国防共協定というやつが結ばれて、中日事変のまッさいちゅう、その年の三月には、国家総動員法案というのが議会を通過するし、四月には漢口《ハンカオ》の空襲、五月には、もう、ガソリンの切符制が実施されたという、うす暗い時代である。

永井荷風の日記によると、空は霽《は》れ、明月皎然たり、とあって、麻布市兵衛《いちべえ》町の偏奇館の書斎で、春の灯《ともしび》の下に、歌劇葛飾情話の台本を書いて、暁に至る、とあるのが三月十六日で、その三日目に、燈下、葛飾情話の稿成る、と書いてある。荷風はその台本を、作曲者の菅原明朗に読んで聞かせて、その助言によって訂正をしているが、自分の作品に、大きな自信を持っている荷風も、その道道の専門家には、深い敬意をあらわすという、これはそのひとつの例であろう。

〈葛飾情話〉の初日は五月十七日と決定して、半月も前から、せりふの稽古をはじめている。短い期間に、どんどん出し物を変えていく浅草の舞台で、そんなにも前から稽古をはじめたというのも、おそらく〈葛飾情話〉だけのことではなかったろうか。初日をめざして、どんどん、進行しているさいちゅうである。五月九日の荷風の日記に、こんなことが書いてある。

　燈刻オペラ館楽屋に至る。(…)〔文芸部員〕小川氏来りて用談ありと言ふ。(…)小川氏のはなしは下の如し。余が楽屋に出入し踊子女優を誘ひ食事に出るは甚世間体よろしからず。楽屋頭取(長沢と云ふ人)甚不快に感じ居れり。又其のたび〳〵文芸部の作者等の余と共に飲食するも甚其の意を得ざることなりと、頭取の言出せしより小川氏と頭取との間に口論ありし由なり。(…)余小川氏の談話をきゝ今日まで緊張したりし興味一時に消ゑ失せし思をなせり。好事魔多しとは蓋これ等の事を謂ふなるべし。余の初めて川上典夫に導かれて楽屋に至りしは今春二月二十七日の夜なりき。それより今日まで数ふれば六七十日の間余の晩餐は可憐なる舞群女優の伴侶あるがためにいと賑《にぎやか》なりき。（…）明日よりいよく〳〵葛飾情話の稽古はじまる筈なれど、踊子等と共に飲食する事態はずなりては稽古場に行く心も起らず。浅草に対する興味もこの夜をかぎり、既に過去の思出になりしこそ悲しき次第なれ。

と、荷風はひどく大時代に悲しんでいるが、そのあくる日も、ちゃんとオペラ館にでかけて、踊子や女優をつれて食事にいっている。

たぶん、頭取は、なにかの方法で、軟化されたのであろう。

五月十六日。晴。午後三時銀座第百銀行に赴き、オペラ館楽屋乃表方の中《うち》歌劇上演関係者に贈るべき金額を引き出し、入谷なる竹下氏の寓居に至り、その事務を執る。（…）祝儀は一人金五円ヅヽ七拾人総額金参百五拾円也。

その頃の五円という金は、どのくらいかというと、荷風の日記に、いい例がある。去年の秋頃から町を流しているタクシー、その頃の円タクの料金が高くなって、銀座の尾張町から、荷風の住んでいる麻布のうちまで、それまで五十銭でのせたのに、その頃は、七八十銭とられるようになったとかいている。

6

昭和十三年というと、わたしはまだ新聞の記者になってもいず、誰ひとりオペラ館に知り合いもなかったが、ともだちの新聞記事から、その晩、オペラ館の舞台がはねたあと、夜明しで、歌劇〈葛飾情話〉の舞台稽古があることをきいていたので、夜更けて、頃合いをみはからって、オペラ館の、客席の一隅に腰かけた。

荷風が、浅草のために書下ろした歌劇だというので、新聞にもたくさん記事が載ったから、たいへん人気のある舞台稽古で、せまいオペラ館の客席が、なんだか、六七分、ふさがっているような感じである。

〈葛飾情話〉に出ない踊子や女優までが、客席にいのこっているし、むろん、浅草の、おなじような劇団の関係者も来ているようだが、どうやら、わたしのような、なんのゆかりもない人間も、そっと入りこんで来ている気配もある。

まだ水洗式にならない浅草の小屋は、入ると、人いきれと一緒に、ぷぅーんと、あのにおいがしたものだが、とくに、オペラ館は、それがひどかった。

そんなオペラ館の椅子の間を、永井荷風が嬉嬉として、あっちの女優のところへいって笑わせるかと思うと、こっちの踊子のところへきては、サンドウィッチの箱を出して、すすめてみたり、せまいオペラ館の客席のなかを、あっちへいき、こっちへいきしている。

わたしは、正直いうと、〈葛飾情話〉の舞台稽古そのものに興味があるのではなくって、じつはそういう時の、〈濹東綺譚〉の作者、〈つゆのあとさき〉の作者、〈あじさい〉の作者、〈すみだ川〉の作者、〈日和下駄〉の作者永井荷風が、いったい、どんな反応を示すだろうか、そのことをみたいばかりに、真夜中の舞台稽古に来たのである。

荷風はそのうちに、せまい土間の通路に立って、両手を、それぞれ、椅子の背に突ッぱって、からだを、こう浮かせると、少し両膝を上へ上げるような格好にして、からだを前後に、ぶらぶらと振ったりして、あそんだ。こどもがよくやるやつである。

わたしも、それからあと、今日までの間に、自分の作品が舞台に上演されるのを喜んだひとともずいぶん見たが、これほどまでに、無邪気に、これほどまでに、素直に、こころから、自分のつくったものが上演されるのを、こんなにも喜んでいる作者というものを、他にみたことがない。

荷風はそのうちに、ひょいといなくなったかと思うと、舞台の上手《かみて》の袖から出てきて、フット・ライトの前に立つと、こんどは、客席の踊子たちをからかったりした。

その時から二十年もあとになって、発表された日記だが、オペラ館の楽屋頭取に文句をいわれて、〈浅草に対する興味もこの夜をかぎり、既に過去の思出になりしこそ悲しき次第なれ〉と、この日の数日前に、そんな日記を書いたひととは全く夢にも思えなかった。

黒い服を着て、そして鶴のように気高い永井荷風であった。

そして、あれはもう夜中の二時にちかかったであろうか。歌劇〈葛飾情話〉の舞台稽古がはじめられた。

〈葛飾情話〉の稽古が終って、わたしはオペラ館を出ると、外はもうしらしら明けである。みると、オペラ館の表飾りも、すっかり、もう出来上って、〈文豪永井荷風先生原作　楽界権威菅原明朗先生作曲　問題の歌劇　葛飾情話　二場《じょう》〉と書いてある。

伝法院の通りを、仲見世の方に歩いてくると、宵宮のまんまに、しまい忘れた三社さまの祭提灯が、ふわふわと、五月の朝の風にゆれていた。

そうだ、きょうは三社さまのお祭だ、と思った。

仲見世へくると、わたしはそこに立ちどまった。三社の宮出しをすました大きな神輿が、仁王門をうしろに、いま、仲見世を進んでくるところであった。

若葉一丁目

四谷見附。

あの、四谷見附橋という陸橋の上に立つと、目の下を、長アい連結の国電がとまり、また出ていって、そのたびに、いまだと、まッ白なシャツを着た大勢のひとたちが吐きだされ、また、のまれていく。

地下鉄の四ツ谷の駅も、無造作なようでいて、ちょっとしゃれた感じの駅である。

そして、ソフィアの塔から、古風な鐘が鳴り、やや遠見に、もとの赤坂離宮が、丈の高い、こまかな鉄の柵をすかして、悠然と、そのエレガントな姿をみせている。フランスのヴェルサイユの宮殿を参考にして、建てたという宮殿で、たしか、完成されたのが明治四十一、二年頃だときいているから、数えてもう五十三か、四か。ちょうど、わたしとおなじくらいの年になる建物である。

いま、前の庭のところを、高速道路四号線の工事が進められているから、みるかげもないが、毎年、秋の落葉の頃、四谷見附から、その落葉の道を踏みながら、赤坂離宮の方に向って歩くと、ああ、東京もいいな、と、思ったものである。


わたしは、東京で生まれて、東京で育って、東京で年をとった男だが、その東京が、この頃のように、一日一日と、ぶちこわされていく中で、ユリノキという、東京ではめずらしいその街路樹にとりかこまれている、赤坂離宮のまわりは、少しばかり、東京でも自慢の出来る一画だと思っている。

東京都新宿区若葉一丁目。わたしの住んでいるうちは、その四谷見附を新宿に向って、左側の、もうひとつの裏の町で、うしろに大きな道をへだてて、赤坂離宮のとなりの町である。

妙な町で、山の手と下町とが一緒くたになったような町で、学習院の初等科があったり、ラジオの放送局があるかと思うと、しっぽに、たっぷりとあんこが入っているというので、一躍有名になったたいやき屋があったり、ついこの間までは越路吹雪が住んでいたが、コーちゃんは結婚して越していったが、いまでも岩井半四郎や、細川俊雄や、三木のり平や、それから、漫才のぴん助みよ鶴、などというひとたちが住んでいる。

わたしのうちは、学習院にちかい、やや山の手らしい一画だが、それでいて近所のひとたちは、わたしのうちの通りを、音楽横丁などといっているらしい。そういえばうちの前には、新橋の芸者さんが二軒並んで住んでいて、一軒からは新内、もう一軒からは小唄の三味線がきこえてきたりする。

うちの、庭の真うしろが小唄のお師匠《しよ》さんで、左の、わたしのうちの、去年建てた書庫のうしろは、ギターの若い先生である。この秋にはスペインだかへ演奏旅行にいくとかで、この頃は、しきりにフルートで、ハンガリー田園幻想曲を吹いている。

庭の、右側のうちはピアノで、夏の夜、ちいさな庭に、存分に水を打ったりしてからきこえてくるピアノの音《ね》というものも、悪くない。

うちでも、五、六年前までは、おやじがたまに義太夫の三味線を弾いたことがあるのだから、なるほど、音楽横丁に違いない。ありがたいことに、素人がいないで、みんな玄人ばかりだから、たまには、うるさいと思わないことも、ないではないが、はなはだ、情緒的である。

戦争の前までは、四谷伊賀町《まち》といっていたところで、江戸の頃には、古くは、忍術使いの伊賀衆が集まっていた町内である。げんに、わたしのいま住んでいたところを、嘉永の頃の、江戸の地図でみると、法持組《おもち》「秋山」屋敷、と書いてある。たぶん、鉄砲を持つ役目の侍が住んでいたのであろう。

わたしは、二階の四畳半を仕事部屋にしているが、机に向っていると、時時、風のかげんで、ワーッという喚声がきこえてくる。ちかくの、明治神宮の野球場から、風に送られてくる声である。

そんな時ふと、縁側に立っていって、そっちをみながら、そういえば野球というものも、わたしは、三十なん年もみていないんだな、と思う。

野球というものも、などというと、間違いが起りそうだ。はっきりいうと、わたしは野球ということについて、実ア、なんにも知っちゃアいない、といった方が正しい。事実、野球については、なんにも知っちゃアいないのである。

かつて、いまから三十なん年か前に、はじめて野球をみた。わたしが法政の学生だった時である。その日、わたしは学校へいくと、ともだちが寄ってたかって、さ、お前も、神宮の野球場へいくんだという。なにがなんだかわけがわからずに、煙にまかれたようなかっこうでいったのが、生まれてはじめてみた野球というものである。

そうしたら、その日、法政が優勝した。なんでも、法政が六大学野球連盟とかいうものに参加して、はじめて優勝したというのである。わたしはなにがなんだかわからないが、しきりにフレーフレー若林ッなどと、みんなと一緒に叫んだり、ほんとうは応援歌なんかも知ッちゃアいなかったので、みんなにくッついて、口だけを動かしていたりした。

帰りに、優勝のパレードをして、球場から権田原《ごんだわら》、赤坂離宮、いまのわたしの住んでいる町の横を通って、四谷見附、それから市ケ谷見附、法政の校舎を、塀をへだててみながらフランチャイズの神楽坂を上って、飯田橋へ出て、あれから法政の前へ行進した。縁起のいい野郎だというので、わたしはそれから時時、野球をみにかりだされ、やがて応援歌もおぼえて、スタンドから時時大きな声で、声援もするようになった。

あれで、卒業するまでに、十回ぐらいは、野球というものをみたであろうか。だから、すべて、法政と、どこかの試合ばかりであった。

いまでは、たまにテレビで見ないこともないが、そんな時、おもしろいもんだな、とは思うが、今日は南海と大洋か、などと訊いたりしては、かかないでもいい恥をかく。

ある日。ことしの五月である。

外から帰ってくると、玄関にふたりの男が立っていた。ひとりは、はち切れそうにぱんぱんしてる、四十がらみの、じゃらじゃら声の男で、ひとりは、黒いつめ襟の学生服を着た、面長な、清潔でかわいい男の子である。ふたりともぜんぜん知らない。

名刺をみると「読売巨人軍応援団長・関矢文栄」とある。

▽「この子のレコードを、きいてもらいたいんですが」

そうしたら、その学生服がぴょこんと頭をさげて、

▽「ぼく、舟木一夫です」

といった。いかにも素直そうな、汚《よご》れのない子で、笑うと白い歯がひどくかわいらしい。

ふたりに、応接間へ上ってもらって、かみさんやうちの娘たちも集まって、そのレコードをかけた。あと五日ばかりで売り出すというレコードで、題は〈高校三年生〉。

みんなで、しんとしてきいた。

〽赤い夕陽が校舎をそめて
ニレの木蔭に弾《はず》む声
ああ高校三年生
ぼくら
離れ離れになろうとも
クラス仲間はいつまでも

わたしは柄になく、民間放送がはじまった、その、そもそもの、十なん年前から、放送局はその時時で変るけれども、ずうーっと、のど自慢のようなプログラムの審査をつづけているので、ここ十年以上の、流行歌というものは、いやでも、たいていきいて、知っている。まるで猿のような歌手が、なんとか野郎だとか、たたっ殺せ、なんていう歌をうたうかと思うと、男のくせにぴかぴかしたラメの衣裳を着たりして、それが男というものよ、なんてうたったり、出世街道まっしぐら、なんかんとうたったりして、それはそれで、また、いいけれども、もう少しあたりまえな歌手というものも、出ないものかと思っていた。

少しは正常なもの、ごくあたりまえな、さりげないもの、それでいて歌のうまい、清純な歌い手というものはでてこないものか。いま、そういう歌手がでてきたら、きっと天下取るんだがなア……と、じつはこの頃、茶の間で、うちの者にも、そんなことをいっていたところだった。

わたしは、舟木一夫という子が、詰めえりの学生服が、なんともぴったり似合うという人柄を目の前にみながら、〈高校三年生〉の、いかにも素直で、いかにも美しい、抒情にみちているうたいぶりに感動した。

それにしても、ジャイアンツの応援団長と、一介無名の、この若い歌手との結びつきも、不思議である。

理由《わけ》をきくと、

▽「今年のシーズンオフでした。やっぱり声の練習をしていないと、シーズンが始まっても声が出ないんでね。声の練習に、赤坂と四谷見附の間の、あのソフィアの前の土手の公園に声を出しにいきましたらね、フランク永井の歌をうたっている男の子がいるんですよ」

それが舟木一夫だった。歌手を志願して、尾張の一の宮から東京にでてきて、いま、作曲家の遠藤実先生のところで、レッスンを受けているという。遠藤さんは、こまどり姉妹の発見者である。

▽「りっぱな歌手になれよ。がんばれよッ」

と、まるで球場でかけるような声をかけて、別れた。

それから少しして、春の野球が開幕した。試合ごとに、大汗になって、関矢君はいつも町内の、ちかくの梅の湯の、夜のおそいしまい風呂に入りにいく。

すると、そのしまい風呂で、フランク永井のうたをうたっている男の子がいた。

▽「なーんだ、こないだの君じゃアないか」

舟木一夫だった。なるべく人の迷惑にならないような場所を選んで、声を出していたが、そのうちに梅の湯の主人も、おかみさんもごひいきになり、しまい風呂の客も、みんな、この名もない歌い手志望の男の子をかわいがっては、毎晩、舟木一夫がしまい風呂でうたうのを、楽しみの一つにするようになった。

関矢君も、おなじ若葉一丁目に住んでいて、舟木一夫も、おなじ町内の、すぐ、目と鼻のさきに、間借りをしていることがわかった。

関矢君はそんないきさつを、力をこめてわたしに語ってから、わたしにも、舟木一夫の、後援会の会員になれといった。

若葉一丁目、二丁目、三丁目。そして四谷見附とその周辺の、町ぐるみの応援である。お湯《ゆう》屋《や》はむろんのこと、床屋、薬局、パン屋、本屋、焼鳥屋、八百屋、小鳥屋、葉茶屋、菓子屋、洋品店、文房具屋、レストラン、電気屋、うなぎ屋、かもじ屋、そば屋、肉屋、果物屋、喫茶店、古道具屋、支那料理店、パチンコ屋、その他……

一介無名の、若き歌手のかどでを祝福して、なんと町ぐるみの応援である。

昔むかし、わたしの生まれた浅草などという土地には、こんなはなし、いくらでもあったことだが、みんな、自分のことばかりしか考えないこの頃の御時世にあって、これは、まことに、心あたたまる人情噺ではないか。

そして、それから時時、関矢君がやってくる。おかげさまで〈高校三年生〉のレコードが十万枚売れたとか、きょうはドコソコテレビと、アレコレテレビへ出るからみてくれとか、そのうちに、いちど野球をみませんかといった。

なにしろ三十なん年か前に、法政の野球をみたっきりで、プロ野球なんてものをみたこともないし、まして、後楽園のナイターなんてものは、一生涯、みることはあるまいと思っていた男である。

わたしは、野球も野球だが、この関矢文栄という男が、いったいどんな応援をするのか、いちど、それをみたいと思った。

それにはまた、ジャイアンツの関矢という応援団長知ってる？　と訊くと、うちへくる誰だって、知らないひとはいない。知らないのは、わたしだけとあっちゃア、おなじ若葉一丁目という町内に住んでいて、あいすまない。

七月の、むしあついある日。まだ暮れ切らない薄暮の中を、わたしは、うち中でナイターを見にでかけた。

関矢君は、正面の入口に待っているという。わたしは、後楽園の野球場というものの正面がどこにあるのだか知らないので、係の者に訊ねたら、正面？　とおうむ返しにいってから、それから、このとんちき野郎ッ、という顔をはっきりみせて、ぞんざいな口のきき方で、教えてくれた。そして、とぼとぼと、教えられたとおりにいったら、関矢君が黄色い帽子をかぶって、エンジ色に白抜きでGと書いたシャツを着て、待っていてくれた。

わたしのシートは、ちょうど本塁と一塁の間のスタンドで、一塁のベースがよくみえた。素人にゃア、たいへんよさそうな位置である。巨人と阪神の試合だったが、わたしにはかの有名な、えらい選手たちも、誰が誰だか一向にわからない。ただ、グランドのグリーンの色が、なんともうつくしくみえた。

わたしは妙に縁起のいい男で、誰アれもいないたべものやに入っていくと、そこのうちが急にお客でいっぱいになっちまったり、ひょいと、ひやかしに入った店でも、がらんとした店に、突然、客ががやがやと入ってきたりする。生まれてはじめて野球をみにいった日に、自分の学校がはじめて優勝をしたというくらいだから、まさか、巨人が負けまいとは思ったが、万一、そんなことでもあったら、関矢君にすまないと思っていたら、一方的に巨人ばかりが点を入れて、試合は、ひどくつまらないようだった。

しかし、関矢君の応援はおもしろかった。たぶん、わたしへのサービスだと思うが、わたしの腰掛けたシートから、通路を一つへだてた二、三段下のところに立って、

▽「長島さまア、けっぱりましょうッ」

とやったり、もう一つまた向うの通路をへだてたところにいる、おばアちゃんのファンに、関矢君は、「はい、そこで一発」などというと、彼女はしずしずと立ち上り、片手をちょっと頬に当てて、「国松さまア」などという。すると、関矢君は、「もういっちょう」とうながし、彼女は再び立ち上ると、又ちょっと頬に片手をあてては、「国松さまア」というと、こんどは関矢君が、まるまっちい片手を大きくさしだして、「はいそれまでよ」などというのである。

これは正直いって、その日の試合よりも、はるかにわたしにはおもしろかった。

そして、ラッキーセブンになると関矢君は、わたしに、ちょっといってまいりますといって、はるかむこうの、内野の自由席の前に出かけていって、やがて、拍手のリーダーとなった。

それは、ものの見事にそろい、グランドに反響した。

そして関矢君は、ズボンのポケットから、こまかく切った紙吹雪をとりだして、すっかりもう暮れ切った夏の夜空に向ってまいた。それが、きらきらと、あのナイターの照明に光って、散った。

東京都新宿区若葉一丁目。

わたしの住んでいる町は、ぴたり門をとざして、ひっそりと、音もたてないような、そんなお屋敷があるかと思うと、そっくり、昔のまんまの、東京の下町のようなひとたちが住んでいて、みんな、それぞれの仕事にしたがいながら、夏には夏の顔をして、秋には秋の顔をしながら、これもひっそりと暮らしている。

パチンコ屋では〈高校三年生〉のレコードが鳴って、なんでも、この間来たときの関矢君の話だと、もう三十万枚も突破して、その売行きも、一位だか、二位だとかいう話である。

すっかり、ひっぱりだこの舟木一夫だが、どんなにいそがしくっても、きっと、梅の湯へはいりにきて、くると、やっぱり、しまい風呂で、みんなと一緒に湯ぶねに顔を浮かしながら、こんどはもうフランク永井のうたではなく、自分のうたをうたっている。

〽泣いた日もある怨んだことも
思い出すだろなつかしく
ああ高校三年生
ぼくら
フォーク・ダンスの手をとれば
甘く匂うよ黒髪が

そういえば、わたしはこの頃、せまいわたしの庭に水をまくのが、なによりのたのしみで、ともだちは、おめえも、もう、そんなとしになったのかというけれど、音楽横丁の、どこかからきこえてくる音楽をききながら、つめたい井戸の水を、ホースからふんだんにまくというのは、なんともたのしいことである。

ふしぎにいつも、二輪ずつだけど、もう一と月ばかりの間、かわりばんこに、紫の桔梗の花が咲いて、それがわたしの草の庭に、なにか、清清しいあわれを添えるのである。

雪

◉

去年、一昨年《おととし》、もうさきおとといになる。軒に、正月飾りの竹が、かさこそと音を立てている、もう、数え日になっていた。

夜、新橋演舞場の、新国劇の舞台がはねてから、わたしの本読みをきこうというのである。そんなところがまた、いかにも、新国劇らしくって、いつでもあたらしい脚本の本読みは、新国劇の座員が、ぜんぶ、揃って聞くことになっているという。

むろん、主役をのぞいたほかの役は、まだ誰とも決ってはいないので、だから、みんなが、自分のところへ、どんな役がまわってくるか、わからないので、本読みは、おのずから、息をつめて聞くことになる。

　そんなことを、文芸部の金子の市《いッ》ちゃんが教えてくれた。

　金子の市ちゃんなどというと、かの、名代なる哉《かな》天保六花撰の金子市之丞を連想するが、新国劇の市ちゃんは、そんなじゃアなく、この頃少うし髪の毛のうすくなってきた、まことに、古くからの文芸部のチーフで、つい、こころ安立てに金子の市ちゃんなどと、間に、のの字なんかを入れるからいけないんで、なアに素直に、金子市郎といやア、べつに、天保六花撰でもなんでもない。

　十二月の芝居の興行中で、芝居がはねてから、三十分たったら、わたしの本読みをはじめようというのである。

　わたしは、島田正吾の楽屋で、その時間のくるのを待った。

　壁に、細長い茶掛《が》けの軸で、
　　漁夫生涯竹一竿
という、いかにも島田好みの、渋い軸が掛かっている。いつでも島田の楽屋に掛かっている軸である。

　大佛次郎先生からもらったものだそうで、一休禅師だということだが、ニセモノだそうだ。

でも、とてもいい軸である。

〈紋三郎の秀〉で、いちど楽屋に帰ってきた島田正吾が、その顔のまんま、楽屋ぶろへ入りに出ていった。

一ッ《い》時、芝居がはねると、楽屋の中は、急に、解き放たれたくつろぎがいっぱいになり、口口に、おつかれさま、おつかれさま、と、互いにねぎらう。あの、おつかれさまということばで、ほんとうに、芝居のつかれが、消えてなくなるから妙である。


わたしは、四、五日前に出来たてのほやほやの、〈雪の日の円朝〉という、一幕《ひとまく》ものの、わたしの書いた脚本の入っているカバンを、大事に、膝の脇に置いて、島田が、弟子たちと一緒に、楽屋ぶろに出ていったあと、急に、汐のひいたあとのように、ひっそりとした師走の楽屋で、切山椒《きりざんしょ》をたべた。

寒い晩で、切山椒はつめたかった。

島田の使っている化粧台の横に、円朝の顔の部分を大きくした、鏑木清方先生の絵が、額に入れて、掛けてある。じつはわたしも、清方画集から、おなじ絵を切り取って、〈雪の日の円朝〉を書きはじめる前から、自分の、二階の仕事部屋に掛けてあるのだが、島田がまた、おなじように、そうしていることが、なんか、とても嬉しかった。

わたしの、その芝居の舞台は、水神《すいじん》の八百松《やおまつ》という設定である。ある時わたしは、古い明治時代の雑誌の〈風俗画報〉で、山本松谷《しょうこく》さんの、雪の降っている向島の写生をみた時から、いちど、芝居で、そのけしきを書いてみたいと思っていた。

その向島の雪の絵をみていると、わたしには、芝居の、あの、雪音がきこえてくるようであった。

雪には、音というものがきこえないはずなのに、芝居では、大太鼓を、しずかに、間をおいて、まアるく、綿でくるんだ撥《ばち》で、間遠に、叩く。……

わたしのその芝居は、はじめ、円朝ぎらいだった山岡鉄舟が、円朝に桃太郎の話を註文して、昔むかしあるところに、おじいさんとおばあさんがおりました。おじいさんは、山に柴刈りに、おばあさんは、川へ洗濯に、という、あの、誰でも知っていて、そして誰でも話す話が、円朝に出来なかったという逸話を、一時間の、一幕ものにしたものである。

話といったら、たったそれだけのことだから、わたしは、高橋泥舟《でいしゅう》の仲立ちで、円朝を、鉄舟に逢わせることにして、それに、男ッ気ばかりではツヤがないから、芸者を三人出した。それから他に、明治の新聞記者を配して、うそを承知で、舞台を雪の向島ということにした。

水神なんかに、芸者というものはいないので、みんな、遠出ぐらいのことは知ってはいたが、そんなことを書くと、またくどくなるので、それはわざと書かなかった。

そこが、素人のあさましさで、どうやら、おしゃべりばかりの芝居になりそうなので、高橋泥舟を、雪の好きな男にした。もっともそういえば、高橋泥舟には、雪の歌が、二、三首残っているようだ。

そして、毎年、雪が降ると、水神の八百松へやってきては、年とった芸者の唄で、もうひとりの芸者の舞で、上方唄の〝雪〟をたのしむということにしてみた。

地唄の〝雪〟は、日本の音楽の中で、あれほど好きな曲というものもめずらしい。わたしが、心中をしてもいいくらいに、大好きな曲なのである。

上方唄の〝雪〟なんか、そんな時分に、東京の芸者が、やれっこはない筈だけれども、しかし、このしっとりと落着いた〝雪〟の曲は、三遊亭円朝が、ひとりで、さみしく、水神の雪の道を歩くという舞台には、是非とも、欲しい音楽である。

あの〝雪〟という曲、わたしの知っているかぎりの、和洋の音楽、といっても決していいすぎではない、和洋の音楽の中で、あれほど、かなしく、美しい曲は、ない。

花も雪も　はらえば　清き　袂かな
ほんに　昔の　むかしのことよ
わが待つひとは　われを待ちけん
鴛《おし》の雄鶏《おとり》に　もの思い
羽《ば》の氷《こお》る衾《しとね》に　鳴く音《ね》は　さぞな
さなきだに　心も　遠き　夜半《よわ》の鐘

この唄の歌詞をつくった流石庵羽積《りゅうせきあんうせき》というひとは、天明の頃の、歌《うた》系図の編者だということで、ほかに、〈里の囀《さえず》り〉などという作詞の本も出しているひとだが、この〝雪〟は、大阪の南の芸者で、男にすてられて、尼さんになった、りせきとかいう女のことを、うたったという。その物語も、わたくしには心にひかれることのひとつである。

節づけをした峰崎勾当《こうとう》には、このほかに、こすのと、袖香炉、それに別世界、などという唄ものや、それから越後獅子、東獅子、などという手事《てごと》の名曲が残っている。

風呂から帰って、洋服に着替えて、紋三郎の秀から、がらりと島田正吾に変った。

市ちゃんが、若い文芸部のひとに声をかけると、楽屋中に、いつもの、開幕を知らせるベルとおなじベルが鳴った。

新国劇の全員だというから、三階の、大部屋かなんかで、本読みをするのかと思っていたら、舞台でやるんだという。

新橋演舞場の舞台には、一面に、うすべりのござを敷きつめて、その上に、もう、大ぜいが、ぎっちりと坐って、みんな客席の方向に向っている。

舞台の中央に、テーブルが置いてあって、わたしは、いつもわたしが見物している客席を、背にして、そこで、本読みをするわけである。

どういうわけだか、四分の一ばかり、下の方を残して、ずっしりと、幕がしまっていた。

どうして幕が下の方だけ、四分の一ばかり残して、落してあるのかと、そのことを、市ちゃんに訊いたら、市ちゃんが、

「大道具さんが、そのう……」

と、来年の、新橋演舞場の初春の芝居で、〈天衣紛上野初花《くもにまごううえののはつはな》〉が、通しで出て、海老蔵の直侍《なおざむらい》に、

梅幸の三千歳《みちとせ》で、入谷の田圃が出るので、本読みの邪魔にならないようにするから、舞台で、雪布を切らして下さい、という話なのである。

雪布は、大きな白い布《きれ》を、ぴたり、舞台の寸法に合わせて、そして切っていくのが定法なので、芝居がはねてからの、そんな遅い時間に、大道具さんが残って、その仕事にしたがわなければならない。

師走の、もう、数え日という寒い寒い、霜の夜である。

つい、さっきまで、ぎっちり、いっぱいの、人いきれのする華やかな新橋演舞場の客席が、しいーん、と、あかりを消して、ひっそりとした闇をつくっている。ふだん賑やかな場所だけに、その、濃いくらやみが、一層、くらく思われる。

そんな客席をうしろにして、わたしは、舞台中央に置かれたテーブルを前に、ちいさなイスに腰を掛けた。

うすべりの上に、新国劇の全員が、みんな、思い思いのポーズをとり、朝から、一日中の舞台の仕事が終ったという解放感と、それに、いったい、どんな脚本を書いてきたのかという、そんな顔が、舞台いっぱいに重なり合っている。わたしには、それが、百人ぐらいのひとにみえた。

前の方に、首をまげて、じっと腕を組んでいる島田正吾、その少しうしろに、久松喜世子をかこんで、外崎恵美子だの、香川桂子たちがうつむいている、みんなのまたそのうしろの方に、ポケットに両手をつっこんで、顔をこう前に出している辰巳柳太郎のめがねが、少し、遠くの方で、きらきらッと、光る。

わたしの脇に並んだ市ちゃんが、わたしのことを紹介している間に、わたしは、少してれ、さりげなく横を向いて、みるともなく舞台の上手《かみて》の、ちょうど、フット・ライトの、すぐ、内側の、舞台はなのところに、たっつけをはいた大道具方がひとり、しずかに、背をまるめて、しゃがんで、雪布を切っている。

改めて、みるともなくみると、わたしのうしろの、舞台一面にかけて、真新しい雪布が、かるく巻いた形に、すうっと、一文字に、長く敷きつめてあって、それを、舞台の寸法に合わせて、いま、切っているところである。

その大道具さんの動きには、わたしの本読みの、邪魔にならないようにと、気を遣って、裁《た》ち鋏《ばさみ》の動かし方にも、なにか、ひっそりとした感じがあった。だから、遠くで、さくッ、さくッ、と、音がした。その鋏の音が、まるで、雪を踏む音のように聞えた。

これから、わたしの本読みをきこうという新国劇のひとたちは、いやでも、この舞台はな一面に置いた、この雪布をみることになる。

〈忍逢春雪解《しのびおうはるのゆきどけ》〉の直はんが、三千歳に逢いにくるのに、この雪を踏んでくるんだな、と思い、そして、これからわたしが読もうという脚本が、〈雪の日の円朝〉なのだから、わたしは、身内に、なにか感動をおぼえた。まるで、わたしの拙《つたな》い脚本を、助けてくれるために、わざわざ、そうしてくれたんではないかと思うように、それほど嬉しかった。

吉右衛門が、袖萩をやった時のことだと思うが、

雪の降る芝居かなしく美しく

という句があるが、わたしはまた、雪の降る芝居が、好きである。

円朝と、鉄舟と、泥舟の関係を、ほんの少しばかり話してから、わたしは〈雪の日の円朝〉を読みはじめた。

◉

三遊亭円朝（四十歳）、山岡鉄舟（四十三歳）、高橋泥舟（四十四歳）と、まず人物を紹介してから、

明治十一年（戊寅《つちのえとら》）一月なかばにちかく。

ゆうべから降りだした雪が、しずかに、なお、降りつづけている午後三時頃から、そろそろあかりの入ろうという頃へかけて。

いまでも、なお隅田村堤《すみだむらづつみ》といっている者もある向島・水神《すいじん》のほとり、そっくり、江戸のおもかげをそのまま残している。

料理茶屋・八百松の、その外と、内にかけて。

すでに、七草はきのうと過ぎたが、〝十四日年越《としこし》〟には、まだあいだがあって、座敷にも、門口《かどぐち》にも正月のにおいが残っている。


その一。

正面、隅田川を背にした座敷。

と、読み進めて、やがて、

雪、しずかに降っている。

奥の座敷から、尺八〈八千代獅子〉の曲きこえる。

▽泥　舟　（茶碗を置いて）すると、ことしはおまさの干支《えと》というわけだな。

おまさ　はい。みんなが祝ってくれましてございます。

泥　舟　しかし、それア心から祝うたのではあるまいな。あの寅年のうるさ婆アと思うての。

おまさ　とんでもございません。（笑う）

柳　泉　すると、なにかね？　なん年前の寅歳《とらどし》になるかね？　八十年前か、それとも九十年前になるか。

おしげ　成山先生、御冗談ばっかり……（おたつらと顔を見合わせうなずく）

泥　舟　いや、なん年だ？　おまさの生まれたのは？

おまさ　はい、六十年前の寅でございますから（笑って）文政元年……

寅年の正月だったので、幕あきに、高橋泥舟と朝野新聞の記者と、それに芸者たち三人に、向島の、七福神詣での話をさせた。

円朝がきて、雪月花の美しいお題噺を、見事に聞かせる。そのあと、まるで、奇襲作戦かのように、舟で、山岡鉄舟がやってきて、円朝に、桃太郎の話を註文する。なんでもない桃太郎の話が、さア、円朝には出来ない。

▽円　朝　（蒼白。手拭でもういちど顔を拭いて、さらにもういちど礼をして）ええ昔むかしあるところに、おじいさんとおばアさんがおりやしたな。おじいさんがてえと山へ柴刈りに……おばアさんは川へ洗濯にまいりましたが、たいそうもない大きな川で……、おばアさんがひとりで洗濯を致しておりまするてえと……、川の向うの方から、大きな、大きな桃がそのゥ……どんぶらこォ……どんぶらこォ……

間。

鉄　舟　円朝、止せ。

円　朝　へッ。

間。

鉄　舟　（しずかに）円朝、なぜやれない？　ええ？　誰だってやる桃太郎の話が、なぜ出来ない？

円　朝　……

鉄　舟　君ア、自分でつくったあたらしいはなしを売りものにしてえるな？
円　朝　（きっと、起きて）へ……
鉄　舟　あれだと、誰も知らない。いくらてめえで間違ったって、誰からも文句はいわれまい。そうだな？
円　朝　（うなだれて）はい……
鉄　舟　桃太郎の話は、むかしからあって、誰でも知っていて、誰でも話す。だから、むずかしい。
円　朝　はいッ！
鉄　舟　けど、それを正しく、ちゃんとやって、そうしておもしろく聞かせるのが商売人よ、そうだろ？
円　朝　ヘッ！

やさしい話ほど、じつは、むずかしいのかも知れない。
そして鉄舟は、ひや汗を流して苦しむ円朝に、こんなことをいう。

▽鉄　舟　(不意に) どこで喋ってる？
円　朝　ヘッ？
鉄　舟　君アいったい、いままでどこで喋っていた。どこのところを動かして喋っていた。
なんで、喋ってるんだ。
円　朝　……(つまる)……
鉄　舟　(間) そうか？　そうかやっぱり舌か、舌で喋っていたのか。
円　朝　へえ……
鉄　舟　じゃあ、舌を動かさないでは、喋れないと思うか。いや、喋れないか。
円　朝　へ？
鉄　舟　口を結んでは、はなしは出来ねえかよ？
円朝、あぶら汗を拭こうとするが、手が膝から離れない。
鉄　舟　駄目だ！　なアんだ、いままで天下の名人などといわれていながら、なんだ舌で
喋っていたのか。そうか、そうなのか円朝。
やがて、ひとりで帰っていこうとする円朝を、鉄舟は、裏の座敷まで追いかけてくる。

▽鉄　舟　円朝。（と声を掛けてあとを追ってくる。手に、円朝の羽織を持つ）
円　朝　（振り向いて、そこへ坐る）はい……
鉄　舟　（やさしく）円朝、俺はな、まだ、舌で喋らずに、どこで喋るのか、それをお前から聞いてはおらんぞ。
円　朝　は？
鉄　舟　その公案が解けたら、円朝、邸へこい。
円　朝　はい！
鉄　舟　くるんだぞ。円朝……
円　朝　はいッ。（喜び）

鉄舟羽織を置いて、去る。
円朝、そのまま、じっと坐っている。
円朝、やがて羽織を着て、しずかに紐を結ぶ。
夕がらすの声。

再び奥の座敷から〝雪〟の三味線きこえてくる。
雪、やや強くなる。……
〝雪〟の間をぬって、暮れの鐘、ひとつ、ふたつ……
円朝、既にやや暮れちかくになった雪の道を、こんど
は逆にまた歩いていく。

東京の正月

1

毎年、浅草弁天山の除夜の鐘を打つ。もう、七、八年、つづけて、打たしてもらっている。打ち終って、鐘つき堂の階段を降りてくると、そこにテントが張ってあって、百八会という、その鐘を打つ会の世話人が、三宝をひかえて待っている。土器《かわらけ》に汲んだお神酒《みき》をいただくと、それで、わたしにはあたらしい年がくる。

除夜の鐘を打って、お神酒で、身も心もすがすがしく、清められて、そしてそのまま、すぐ、それが初詣でにかわるという、それがいかにも、なんだか、昔の東京らしくって、わたしにはひどく嬉しいのである。

鐘を打ちおわると、口口に、あけましておめでとうございます、という挨拶がかわされる。ことしなら、巳の絵馬なんかの吊ってある、かわいらしいまゆ玉だの、お守りをいただいて、さ、それからすぐ、目の前の観音さまへの、初詣でにかわる。

わたしは観音様の地内《じない》を、弁天山から少しななめに歩いて、濡れ仏の前を通ると、立派に再建された仁王門のところで、初詣での人波の中に入る。

うしろで、まだ、あとのひとたちが打っている除夜の鐘が、きこえてくる。

ぞろぞろ、ぞろぞろ、つづいている初詣での人波が、仁王門をくぐると、もうすきまのないような行列になる。

手丸《てまる》の提灯を振って、人波の整理をしているおまわりさん。

正面の、大提灯にもあかりが入って、お堂には、たくさんの高張り提灯が立てられ、段を上っていくと、堂の中は、蠟燭の灯でいっぱいである。その蠟燭の灯のほさきが、ちらちら動くのは、初詣での、大ぜいのひとの気配を受けるのであろうか。

べつに初詣でには限らないが、わたしは神社でも、寺でも、おがむ時、願いごとなんかは一切しないことにしている。いつでも、ただ、ありがとうございます、とお礼を申すことにしている。わたしはいつも、そんなことをいっているので、わたしのとなりで、観音様をおがんでいるうちの下の方の娘も、たぶん、おやじとおなじようにありがとうございます、と、いっておがんでいるのかも知れない。そういえば、この妹娘も、この新しい年をむかえて、十五日の成人の日には、祝福される年齢になった。除夜の鐘から、初詣でには、毎年、わたしについてくる。はじめのうちはついてくる、だったが、この頃では、ついてきてくれる、といった方が正しいかも知れない。

観音様で初詣でをすますと、まゆ玉を持った娘とふたり、仁王門を通って、馬道《うまみち》の通りへ出る。そこからタクシーを拾うと、ひといきに、四谷のうちへ帰ってくる。

2

去年は、向島の百花園で売り出している春の七草をもらった。秋の七草とくらべて、からからに沍《い》てついた頃の七草である。なんだか、かわいそうな気がするのだが、泥の、ちいさな鉢に、その七草がちょこちょこと植わっていて、あらッぽいかごで、ぞんざいな、長アい柄《え》がついていて、でも、それが、江戸の時分から、毎年、百花園で、正月に売り出したものだと考えると、わたしにはなつかしく、いかにもまた、東京の正月という風情を感じる。セリ、ナズナ、オギヨウ、ハコベ、ホトケノザ、スズナ、スズシロ。それが、みんな、さもはずかしそうに、これからの、まだ春の早い頃に、ちらちらと土から首を出し、やがて萌えいでるのであろう。

わたしは、下町のひとが、わざわざ、師走の忙しい中を届けてくれたその春の七草の鉢を、玄関の窓の前に飾って、そのまた前に、年賀の名刺受けを置いた。名刺受けは、朱塗りに、銀で、寿と書いてある。それだけで、玄関が、急に、ぱっと、正月らしくなるから妙である。

それに、つきあたりの書棚の隅には、これも毎年、大きなまゆ玉が、玄関いっぱいに、たわわに、垂れさがる。

日本橋の、江戸ッ子の、のみやの主人が、もう、十年ぐらいの間、毎年きまって持ってきてくれるまゆ玉である。それもある時、わたしが、まゆ玉は、うすい赤と白に限るな、この頃のように、青だの、黄色なんかのまゆ玉は、だいきらいだといったのをおぼえていて、自分で、その、うすい赤と、白のまゆ玉を、ひとつひとつ、形のいい柳の枝に、たくさん、取りつけてくれて、そして、わざわざ四谷くんだりまで持ってきてくれるのである。

正直いうと、わたしは、ものをもらうことのきらいな男だが、こういう人情のこもったものは好きである。貧しいわたしのうちの玄関だが、そんな、東京の下町びとの人情で、なんとなく、初春らしい、あたたかな雰囲気がこもるのだから、これも妙である。

表の松飾りは、新宿の四番組にやってもらう。江戸消防記念会のわけ方だと、第三区四番組ということになろうか。

わたしが、いまの四谷へ越してきたてのころには、正月、きまって、おとなりの庭へ、この四番組の頭手合《であ》いがやって来ては、庭で、梯子のりをしてみせた。いまから十年とちょっと前のことである。

腹がめ、さかさ大《でえ》の字、そんな梯子のりを、二つ、三つ、若い鳶《とび》の者がみせると、やがてまた梯子をかついで、こんどはきやりをうたいながら帰っていった。戦争の前までは、町会長なんかをやっていたという、そのおとなりさんが越していってしまってから、そのときから、もう、四番組の梯子のりはこなくなってしまった。

しかし、うちの、表の松飾りは、毎年、その四番組がやってくれる。

あれ、本飾りは、なんでも七つ飾りとかいって、なかなかうるさいものらしい。一丈余りの大きな松をシンにして、これに三本か、五本、あるいは七本の、葉のついた竹をそえて、あたらしい縄で、三か所を七五三結びに、結ぶ。これを入口の左右に立てて、その裾に、松薪《まつまき》を二つわりにしたのを並べて、それを縄で巻き上げる。そして、その根方《ねかた》をめぐって、地面の上に、きゅーっとひきしまっった綱縄を、一重《ひとえ》の輪にしておいて、その輪の内がわには、きれいな砂を、さわやかに、盛る。それから、枝のついた小さな竹を、左右の松の上の方に、ちょうど、鳥居の形のように横たえる。このことを、しゃれて、かんざしというんだそうだ。これに注連《しめ》をかける。この注連をかけることを、前垂れという。

かんざしだの、前垂れだの、そんなことばにも、江戸から明治へかけての、時代のいろがうかがえるようだ。それからまん中には、えび、そのほかのお飾りをする。

松飾りにも、明治の頃までは、巣籠《すごも》りという飾り方があったらしいが、いまはどうであろうか。これには竹を使わないで、数十本の小松をたばねて、左右に立て、地面の上に、やっぱり、太い縄を輪に描《か》いて、そこに砂を盛る。

うちの飾りは、まん中に青竹の太いのを三本、それをしんにして、まわりに小松をたくさんたばねて、あとは、そっくりその通りなのだが、それも、もしかすると巣籠りという飾り方なのかもしれない。

うちが越して来たてには、この表の飾りも、それから玄関の、お鏡の飾りも、若い衆《しゅ》は、あんまり手際がいいとはいえなかったが、それが年年歳歳、挨拶をするものごしも落ちつき、手際もよくなっていったので、去年は、巧くなったねえ、とほめたら、四番組の若い衆は、ちょっと顔をあからめた。あとできいたら、組頭の、息子さんだということであった。

正月のお飾りをやっている若い衆が、だんだん、そのお飾りの形をうつくしく、上手に仕上げるようになっていくことで、わたしには、しみじみと、歳月の流れがかんじられる。

3

正月には、正月の音がある。

ブザーを鳴らして、どさりッ、と郵便配達さんが、年賀状をはこんで来てくれる。ちらちらと、鳥かげのさす硝子障子を通して、いっぱいに、元日のひざしのさしこんでいる茶の間のこたつの中で、その年賀状を、一枚一枚、大事に裏を見、表を返してみるのは、一年中で、一番、のどかなひとときである。

そんな時、表で、バドミントンの、少し追い羽根の音よりは、強い音がきこえてくる。

去年、庭の正面に植えた丈《せい》の高い竹をすかして、くっきりと晴れ上った文字通りのすがすがしい初空には、小さく、もう凧《たこ》が上っている。じっさいには、音はきこえないのだが、わたしには、その初空の風をうけて、かすかに、ぶうーんとうなりを上げている凧の音《ね》がきこえるようだ。

そんな中で、わたしは、一枚一枚、年賀状をみていく。

暮に、孫が出来たよ、と書きそえてあるともだち。秋に、大阪へひっこしていってしまった姉の一家。ことしは正月早早、旅芝居へ出ていきますと書いてある役者。万年青《おもと》というものは、おもしろいものだといってきたのは、去年、定年で勤めを退《しりぞ》いたともだちである。

謹賀新年、賀正、恭賀新年、あけましておめでとうございます、など、おなじような文句でいながら、一枚一枚、年賀状をみていると、みんな違った、そのひとりひとりのムードがあるから、おもしろい。

わたしは、戦後は毎年、御慶《ぎよけい》、と書いているが、ことしから、本所《ほんじよう》の彫師にたのんで、木版の賀状をつくってみた。わたしは、鳶の者だの、そういう木版の職人、などというひとたちが大好きなので、暮の、そろそろ、忙しくなりはじめの頃、久しぶりに両国橋を渡って、本所の石原の一丁目まで、わざわざ、その彫師のうちをたずねて、出かけていって、年賀状を注文してきた。

年賀状というものも、それをくれた人のこころが、よくわかるので、こわい。

そんなことを考えながら、年賀状をみていくうちに、表のバドミントンの音が、いつの間にか、追い羽根の音にかわった。もっと、せんさいな、かたい、きりっとした羽根の音にである。

わたしは、あの忙しい師走と、それを終って、ほっとした松の内に、両方とも、ふしぎに、昔のことを思いだす。なんとなく、回顧的になるのである。

戦後、若い者は、としよりから、昔の話なんか聞くことは、まったく、きらいになってしまったし、としよりはまたとしよりで、戦後、若い者に遠慮してしまって、自分ひとりで、昔のことを思いだすことさえ、まるで、悪いことででもあるかのように思うという、いやな風潮ができた。

わたしも、少しばかり、そんな年ごろに足をふんごんだが、わたしは、自分が昔のことを思いだすことを、誰にも遠慮気がねをしないことにし、そして、うちでは、こどもたちにも、なんでも昔のことも、話して聞かせることにしている。こどもたちは、ほんとうは、おやじの昔ばなしなんか、あるいは、興味がないのかも知れないけれど、いつでも、たいてい、おもしろそうな顔をして聞いているのは、もしかすると、おやじに対するサービス精神のあらわれかも知れない。

わたしは明治の末ッ子だが、だから、わたしの育った大正の頃の東京の下町なんて、若い男と、若い女とが口をきく機会など、まったく、なかったといっていい。

いいうちの娘や、息子ほど、ひとの前には出されない。初午《はつんま》とか、節句とか、祭とか、そんな時にだけ、ちらッと顔をみせた。

だから、正月のひるまの追い羽根、よるになってのカルタ会、そんな時にだけ、天下晴れて、女のひとと口をきいたことを思いだす。わたしは追い羽根は苦手なので、よるになって、カルタ会では、ほんの少し存在を示した。もっとも、勝ち負けに関することは、まったく、だめな男なので、わたしはもっぱら読み手の方にまわった。

ちきりきなかたみに袖をしおりつつ、末の松山浪越《なみ》さじとは、と読んだ。わたしの好きなうたなのである。ちぎりきなかたみに袖をしぼりつつ、と読んだら、母親から、そんな読み方をしてはいけませんよといわれた。月みればちぢにものこそ、ではなくッて、月みればちちにものこそ、であり、そしてひと知れずこそ思いそめしがで、ではなくッて、思いそめしか、と読めといわれた。

少年のわたしは、そういう母の読み方が、ほかのひとの読み方とは違っていても、その母の読み方を正しいと信じて、わたしは、誇りをもって、胸を張って、大きな声で読んだ。

カルタ遊びは、二日の夜からだったが、正月の夜がしいーんと更けて、ひっそりと大戸をおろした東京の下町で、遠くの方から、百人一首を読みあげるあの声がきこえてくるのは、なんとも、情趣のあるものであった。

それが、誘ってくれないうちのカルタ会だったりすると、自分ひとりが、この世の中から、まるで、のけものにされたようなさびしさで、いっぱいになった。

そんな時、カルタの声の、また遠くの遠くの方から、犬の遠吠えなんかがきこえ、自分のうちの軒さきの竹の音が、さらさらと、身にしみてこたえて、わたしは母親に、好き勝手なわがままをいったりした。

松の内、はじめて入る湯を初湯といって、ご祝儀を、紙にひねって、番台に渡した。江戸の初湯の描写は、式亭三馬の〈浮世床〉にもある。

そして、

書初の片仮名にして力あり

それから、また、

読初《よみぞめ》や金槐集の春の歌

そして、二日はまた初荷である。この間、明治の風俗史家である平出《ひらで》鏗二郎《こうじろう》の〈東京風俗史〉を読み返していたら、初荷の項で、おもしろいことを発見した。〈初荷は貨物を華客《とくい》さきに輸送することにて、思ひ思ひの景気をつけて行ふことなれば、賑々しくも又、勇まし。未明の頃より貨物を大八車に積み重ねて、幾輛となく列ね、七福神、高砂、日の出などの飾物をつけ、紅毬燈《ほほずきぢょうちん》をかけ、出入りの仕事師などつきそひて、旗を立て、馬鹿ばやしにて音頭をとり、えんさかほいのかけ声を放ちて、景気よくとくいさきを廻るなり〉とある。わたしの生まれる七年ばかり前の、明治三十四年の夏に、冨山房から出版された本である。

おなじ年の〈風俗画報〉をみると〈今年の初荷中、第一等とも称すべきは、平尾賛平の美人の山車《だし》なるべし、山車の上には、日本《にっぽん》美人をのせ、欄干の下には緋の色へ、白にて、ダイヤモンドの文字《もんじ》を染め出《いだ》し、華やかに飾りたる牛にひかせ、たッつけをはきたる鉄棒引《かなぼうひき》を前につけ、どんちゃんどんちゃんの囃子にて、ねり歩き、このあとより、ダイヤモンド、小町水《こまちすい》、日本美人などの大旗、小旗《こばた》を翻《ひるがえ》したる数十輛の荷車をひきゆきぬ〉うんぬん。

そのほか、葡萄酒の会社では、馬車に音楽隊がのりこんで、歩いたとある。

すっかり、もう、忘れてしまったが、そういえば、わたしなんかの少年の頃にも、東京の初荷は、だいたい、こんな風に、華やかなものであった。

そして、二日の夜はまた、初夢の宝船を売る、あの売り声である。あの売り声は、「宝船や宝船」というのもいたし、「お宝お宝」と、ふた声呼ぶのもいた。若い女の声で、「お宝やさん」と声をかけて、からからと、格子のあく音がする。桜の木に彫った宝船の絵で、これを枕の下にかって寝た。

小唄にこんなのがある。――長き世の遠《とお》のねむりの皆めざめ波のり船の音《おと》のよきかな、下からよんでも長き世の、遠のねむりの皆めざめ波のり船の音のよきかな、正月二日の初ゆめに、おおよし、おおよし、ずんどよし、天道《てんと》さま出ぬうちゃ帰しゃせぬ……

4

東京の正月で、わすれられないものに、初席《はつせき》がある。元旦から開かれる寄席のことである。

寄席の正月のけしきというものは、べつに、とくべつな飾りというものはない。大きな鏡餅が、三宝に飾られてあって、やっぱり、大きな、まゆ玉がたれさがっていることであろうか。高座のうしろの、四枚はまった黒ぶちの、杉戸のまん中に、これも大きなエビのお飾りが、でん、とさげられていることであろうか。

ただ、下足番の、半天から、ももひきに至るまで、紺のにおいのぷんぷんする、あたらしいのにかわって、襟には、その初席の、真打の名が白抜きにそめだしてある。

いくらその頃でも、松の内は駈け持ちが多く、みんな、ひとりひとりが、ごくもう手ッ取り早く、さらっと、芸をやっては、駈けるようにして、高座をおりていく。

音曲噺の芸人や、華やかな人気者の落語家《はなしか》が、梅にも春だの、松づくしだの、初出みよとて、などをうたったり、踊ったりする頃は、寄席のあかりのいろが、ついこの間の、師走のあかりの倍も、三倍もあかるくみえたのは、たぶん、寄席のわたしたちのなりが、みんな、あかるく、華やかなせいだったかも知れない。

東京の初笑いは、いつでもきまって、初席でのことであった。

なんだか、まとまりのない、かッかとするような寄席なのに、ふしぎに、松の内には、寄席にいきたくなったものである。

そして、初芝居。

わたしは、仕事の都合で、初芝居が新派になることもあるし、新劇のこともあるけど、しかし、初芝居はやっぱり、歌舞伎をみたい。

小屋は、やっぱり、歌舞伎座であろうか。華やかな、正月かざりや絵看板も、いつもとちがって、ちょっと、立ちどまってみたくなる。

日本髪のお客さんが多いことも、初芝居の大きな特徴の一つである。

歌舞伎座の、あの大間といっている正面のロビーの、あの階段を上っていく時も、初芝居というやつ、妙にわくわくと、こころがときめいて、わたしみたいに、しじゅう芝居にいっている者でも、ちょっと、気取ったような形になるから、おかしい。

久保田万太郎の句に、
せりあげのなりもののいま初芝居

わたしの寄席

1

もう、そんな寄席もなくなってしまったが、寄席というと、わたしはすぐ、長アい、路地のある寄席を考える。

浅草の並木もそうだったが、路地のある寄席というと、わたしには、いちばん、両国の立花家の、あの、塵《ちり》ひとつ、とどめずに、足袋で歩いてもいいような、長アい、石だたみの、路地を思いだす。

あのあたり、両国の広小路といった。両側に、江戸時代からつづいた、古い店がならんでいて、浅草橋から数えていくと、まず、横山町の通り、虎や横丁、かがや横丁、といったふうに、横丁があって、それから両国橋にぶつかって、静かに、隅田川が流れていた。右が矢の倉の河《か》岸《し》、そして浜町河岸である。

どんな横丁の隅でも、いかにも、東京の町らしい、きりりとしたたたずまいがあって、格子の中は、ひっそりとしていて、それでいて、路地にも、町にも、家並みにも、ふんわりと、どこかに情があった。

なぜだろう？　たとえば格子の中の、下駄箱の上に、しずかに、障子の蓋をした、あの、鶯の箱が置かれているためであろうか。

あるいはまた、格子の外に、さりげなく置いてある、春蘭の、あの鉢のせいであろうか。

どんな小さな路地を歩いても、ひっそりと、その、おのおのの、生活をいとなんでいるひとたちの、あたたかい人情というようなものが感じられた。

わたしが、筒っぽの、かすりの着物を着ていた時分までのことだから、あれは、大正の十年ごろまでのことであろうか。少くとも、関東の、大震災の前までは、東京の下町といわれたところは、どこもみんな、そういう町だった。

わたしの寄席も、だから、そんな時分の、少年の頃の寄席が、いちばん、たのしく、なつかしい。

寄席の一番太鼓は、夕方の、まだ、日の暮れ切らない、薄暮というか、黄昏《たそがれ》というか、そんな、昼と夜との、ちょうど、そのあいだのような、へんに、ひとの恋しくなるような、そういう頃に、聞えてきた。

路地のある寄席では、その路地の入口に、横に長い看板を、またがせていた。そんな看板を、またぎといった。ちゃんと、上に、かわいらしい屋根がついていた。

その上に、小さん、円右、などと、その時の、大あたまの名だけを書いたあんどんが、掛っていた。景気行燈ともいうが、まねきといっていた。客を招く、というところから出来たことばだが、招き、といわずに、まねきというアクセントをつかっていた。

ふしぎに、どこのまねきも、くらいあかりをともしていた。

路地を入るか、入らないうちに、目早く、下足番がみつけて、遠くの方から、すぐ、声をかける。

▽遠くで「えー、らっしゃーいッ」

いかにも、いなせに、尻上りに、ことばじりを、長く、尾をひいて、迎える。

▽パチッ、パチッと下足札でかたい台を叩き「えー、おふたりさん」

久保田万太郎に、

うけとりし手もこそ凍《い》つれ下足札

という句がある。

寄席へ続くのれんをくぐると、茶番の女が、座布団と、箱火鉢を持って、案内に立つ。客席は、むろんどこも、畳ばかりであった。

高座に向って、右とか、左とかの好みは、誰にもあるようだが、なるべく、すでに、もう、少し客のかたまっている、隅の方に、座をしめる。

少年の頃、いつもわたしは、婆アやに連れられて、寄席にいった。

長い、黒光りのした、花道のようなわたりがひと筋、高座の中央にむかって、畳の上を走っている。

高座では、古く、売れない落語家《はなしか》が、ぼそぼそと、いつもと同じような話しっぷりで、しゃべっている。

あかりの、まだ、馴染みそめない宵の口で、寄席は、目で数えられるぐらいの、頭かずしかない。

東京の下町では、わざわざ、電車なんかに乗らないで、ちょいと、歩いていかれるようなところに、たいてい、一軒や二軒の、寄席があった。

羽織だけを、ちょっと着更えていく、といったふうな、自分のうちの、茶の間の延長のような、そんな、したしさがあった。

いくと、きっと、ともだちが、誰かに連れられてきていた。紙屋の武ちゃんだの、葉茶屋の直ちゃんだのという、男のともだちもいたけど、よく、糸屋のお信《しん》ちゃんだの、清元の師匠の娘のお栄ちゃんなどという、おしゃまな女の子もきていた。

そんな遊びともだちに、うちの婆アやが葡萄餅を持っていったりすると、こんどは、むこうから、おかあさんが、薄荷糖なんかを、お返しに持ってきたりした。

宵の口、売れない落語家《はなしか》が、ぼそぼそと、少ししゃべったと思うと、高座が、急に、華やかになる。

手品、曲芸、太神楽――

みんな、なつかしい郷愁の音楽である。

いせつ……

▽寄席ばやし、いせつ

きぬた……

▽寄席ばやし、きぬた

米洗い……

▽寄席ばやし、米洗い

かごまり……

▽寄席ばやし、かごまり

かじや……

▽寄席ばやし、かじや

それから、潮来《いたこ》……

▽寄席ばやし、潮来

東京で生まれた者にとって、寄席ばやしは、子守唄のつぎに、なつかしい音楽である。

こうして聞いていると、明治、大正のころの、一種の郷愁に似た、なつかしさと、感傷がわいてくる。

東京の下町の人間なら、誰でも、みんな、寄席ばやしの、二つや、三つは知っていた。そして、口三味線で、ひょいと、それをやったものである。なにか、仕事をしながら、ひょいと、口ずさんだのである。寄席のはやしが、生活の中に、何となくとけこんでいた、と、いっていいようだ。

それにはまた、たとえば、この潮来などという唄も、そのころ、誰だって、みんなうたった。

潮来出島の　真菰《まこも》の中で
あやめ咲くとはしおらしや
ああよいやさ　よいやさ
宇治の柴ふね　早瀬をわたる
わたしゃ君ゆえ　のぼりぶね
ああよいやさ　よいやさ……

2

音曲噺の芸人も多く、寄席で、都々逸《どどいつ》だとか、有明《ありあけ》だとか、立山《たてやま》だとか、そんな、むかしからうたわれていたはやりうたは、東京の下町の人は、たいてい、寄席の音曲師からきいて、おぼえたものである。

わたしは、小学校に上るだいぶ前のことだから、だいたい、五つか六つ時分の頃に、寄席の帰りに、ある晩、婆アやの背中に、おんぶをしていたそうだが、婆アや、さっきの都々逸、へただねえ、といったそうで、それが、うちの、ひとつばなしのように、伝わっていた。

その頃の、東京の下町のこどもは、京の五条の橋の上、という牛若丸のうたや、でんでん虫、虫、かたつむり、などという文部省制定の唱歌とおなじように、都々逸ぐらいうたったって、べつに、ふしぎでもなんでもなかった。

その時分、少し、かわいげがあって、生意気なのを、生《なま》ちゃん、といった。わたしは、たぶん、その、生ちゃんであったろう。こどもの時分から、いろいろな、寄席のうたをうたって、中でも、やりさびが好きで、よく、うたった。

鳶はさびても名はさびぬ
昔アめ組の纏持ち、ええさアさ
よいよい　よいよい　ええよいやさ

それから、大学に入った頃には、少し、やりさびの替え歌も、変ってきて……

〽身、不肖なれども、福岡貢、
女をだまして、金とろか
ええさアさ、ま、ま、
まま万呼べ、万呼べ
ええ万野呼べ……

寄席へ出てくる芸人たちの顔をというものは、おなじ、東京っ子の顔とはいっても、もうひとつ、明治の顔というか、あれが江戸ッ子というのか、黒びかりをした、頬骨のとがった落語《はなし》家《か》がいたり、そうかと思うと、始終、なんだか、からだごと、ふわふわ、ふわふわしているような、気味のわるいほど色の白い、そんな音曲師なんかがいたりした。出来そこないの顔や、無理にゆがめた顔で、客を笑わせようというような、そんな、さもしい芸人はひとりもいなくって、さすがに、東京の芸人らしく、みんな、あくのぬけた、いかにも、洗練された顔や、姿をしていた。

東京の寄席で、出ばやしを使いはじめたのは、大正六年からのことである。

明治十七年以来、柳派と三遊派とのふたつにわかれていた落語の世界に、あたらしく、寄席演芸株式会社、というのが出来た。それが、大正六年のことである。その時分、三百人いたという寄席の芸人たちが、この時、月給制度になった。

この演芸会社なるものに反対して立ったのが、五代目の柳亭左楽である。いまの、文楽の師匠の左楽である。睦《むつみ》会という名の会を起して、その半数の、百五十人をひきいて、演芸会社に相対した。

この、左楽たちの睦会が、大阪の寄席でやっていた、あの、華やかな出ばやしを、はじめて、東京の寄席で使った。

たとえば、野崎。

▽出ばやし、野崎

のっと。
▽出ばやし、のっと
せり。
▽出ばやし、せり
中《ちゅう》の舞《まい》。
▽出ばやし、中の舞
出ばやしは、みんな落語家の、それぞれの好みで選ばれる。だから、出ばやしを少し聞いて、客は、あ、こんどは誰が出るな、と、すぐにわかる。出ばやしの曲目のちがいで、誰が出てくる、ということをわからせる演出というものも、見事なものだと思う。

3

こどもの時分、そんないろものの寄席のプログラムの中に、義太夫が入っていると、ひどく、退屈した。

〽ただささえ曇る雪空に　心の闇の暮近く　一間

に直す白梅も　無常を急ぐ冬の風　身にこた
ゆるは血筋の縁　不憫やお袖はとぼとぼと
親の大事と聞くつらさ　娘お君に手を引かれ
……
（「奥州安達原」袖萩祭文の段）

自分だけが、退屈をするのかと思って、そうっと、ともだちの方をみると、ともだちも、たぶん、おなじように、退屈だとみえて、やっぱり、おんなじように、わたしの方をそっとみていた。

落語家《はなしか》が、一席、落語をやったあと、声色《こわいろ》をきかせたものである。

新三　ちょうどところも寺町に、娑婆と冥土の別れ道、その身の罪も深川に、橋の名さえも閻魔堂、鬼といわれた源七が、ここで命を捨てるのも、餓鬼より弱《よえ》え生業《しょうべえ》の、地獄のかすりを取ったむくいだ、てめえもおれも遊び人、一ツ釜《かま》とはいいながら、黒闇《こくあん》地獄のくらやみでも、亡者の中の二番役、業《ごう》の秤《はかり》にかけたらば、貫目《かんめ》のちがう入墨新三《いれずみしんざ》、こんな出合《であい》もそのうちに、てっきりあろうと浄玻璃《じょうはり》の、鏡にかけて懐《ふところ》に、隠しておいたこの匕首《あいくち》、刃物があれア鬼に金棒、どれ血塗《ちまぶ》れ仕事にかかろうか。

源七　いかにところが寺町とて、まだ新盆《にいぼん》も来ねえのに、聞きたくもねえ地獄のいいたて、無常を告ぐる八幡の死出の山鐘《やまがね》三途の川端、あたりに見る目嗅ぐ鼻の、人のこぬ間にちっとも早く、冥途の魁《さきがけ》さしてやろう。

新三　ええ耄碌《もうろく》親仁め、覚悟しろ。

（「梅雨小袖昔八丈《つゆこそでむかしはちじょう》」〔髪結新三〕、三幕目・深川閻魔堂橋の場）

中入りも、寄席のたのしいひとときであった。

それまで、なんとなく、目顔だけで、挨拶をしていたのが、中入りになると、なんだか、ほっとしたような解放感があって、あそこや、ここで、挨拶がはじまる。

わたしたち、こどもは、もう、だいぶ目が、渋ったくなっていたのだが、この中入りで、また、ちょっとはっきりする。

せんべ、かき餅、豆ねじ、などというなつかしい駄菓子を、売りにきた。

いまだって、かき餅、豆ねじはあるけれども、なんの某《なにがし》という一流の菓子屋が、気取って、高級ぶって、こしらえるので、昔の寄席で売っていたような、ゲテで、したしみのある、あの、駄菓子の味はなくなってしまった。あれは、ちょうど、これもむかしの、芝居の書割の、あの、泥絵具と似たような、そんな昔の味だったのではあるまいか。

正月なんかの、大入りだと、よく、お膝送り、というのがあった。客が混んでくると、前の、高座の方へ、みんなが、少しずつ膝を送って、あとからきた客の、席をつくってやったものである。

この頃でもたまに、畳の敷いてある寄席で、お膝送りのないこともないが、みんな、いちど、坐った場所は、テコでも動こうとはしないから、もう、あの、お膝送りの心、などというものも、ほんとうはなくなってしまった、といっていいようだ。

地ばやしの、香に迷う、などという下座が、きこえてくるころは、夜も、もう、さすがに更けてくる。

お染久松通いのまり、という頃になると、寄席のあかりが、じーん、と、音をたてているような気がして、そろそろ、今夜の寄席も、もう、おしまいかといった、なんともいえない、名残り惜しい気がしてくる。

寄席の、横手の方にたてきった障子のむこうに、夜更けの気配が深くなっていて、秋なら虫が鳴いていた。そこが、楽屋への、いききになっている。

かたことと、足音を忍ばせながら、トリの落語家が、いま、楽屋入りをしてきたとみえる。障子にうつる、客の、重なり合った影法師が、落語家の、芸ごころをそそるであろう。

帰りは、たいてい、婆アやにおぶわれて、路地の寄席を出る。

表通りは、アセチレンの灯をともして、いまごろだと、襟巻で、口を被ったひとたちが、ひっそりと、縁日をひやかしている。

そろそろ、植木屋が、荷を、片づけようとしている。縁日のはずれには、まだ、少しばかり人だかりがしていて、鳥打帽を、まぶかにかぶった艶歌師が、しおから声で、かなしいうたをうたっていた。

昔・東京の町の売り声

▽朝顔の苗に　夕顔の苗《ナイ》
かぼちゃ　冬瓜《とうがん》　白瓜《しろうり》の苗
▽朝顔の苗に　ええ　夕顔の苗
かぼちゃ　冬瓜　白瓜の苗……

1

柳橋に住んでいた落語家《はなしか》で、四代目《よ》の古今亭今輔《いますけ》が、よく、売り声の真似をして、聞かしてくれた。

赤ら顔の、小でっぷりとした男で、粋な声をした落語家であった。いまの今輔が六代目だから、もう二つ前の、つまり、先先代の今輔である。そんな、町の中を売って歩く、そういう売り声をやる前に、きっと、

　町町の時計になれや小商人《こあきうど》

という川柳を、引き合いに出した。

▽鋏　包丁　剃刀《かみすり》とぎ

あ、あの研屋《とぎや》のおじさんがきたから、そろそろ、おやつにしよう、とか、

▽ええ　らおやアー　すげかえ

ええ　らおのすげかえ……

羅字屋がきたから、もう、夕方の食事の仕度にかからなくては、とか、そんなことを、

　町町の時計になれや小商人

と、うたったものらしい。

わたしは、この、小商人ということばも好きで、その小商人ということばの連想だけでも、それがすぐ、東京の下町の、わたしがまだ、筒ッぽの紺がすりの着物を着ていた、そんな大正のはじめの、けしきを、すぐに、思い出すのである。

じっさい、町町を、その、それぞれの売り声で、歩いていく、そういう町の小商人というものは、みんな、長い長いあいだの馴染みの顔なのである。

納豆やの声は、いつも、まだ寝床の中で聞いたが、遠足にいく朝なんか、いつもよりも早く起きて、表を、納豆やが通るので、いったいどんなひとなのか、と、急いで、格子戸をあけてみたりしたこともあった。

納豆やは、こどもが、あわてて、格子戸をあけたので、納豆を買ってくれるものと思って、立ちどまり、少年のわたしはまた、そうまちがえさしたまンまじゃわるいと思って、あわてて、母親のところに、納豆を入れてもらう丼をとりに、もどっていったりしたことをおぼえている。ツトから、きれいに納豆をあけて、丼のわきに、からしを、たッぷりつけてくれたものだ。

少年の納豆売りもあったが、あの声を聞くたびに、なんだか、自分だけがしあわせに思えて、こどもごころに、困った。

町町を売り歩く小商人は、だいたいの時間を、おのずと知らしてくれたけれど、しかし、売り声で、あ、春がきたな、とか、夏もいまがまッ盛りだな、とか、ふと、そんな季節の、うつりかわりも、感じさせてくれた。

朝、あさりやの声がきこえてくると、ああ、そろそろ、春がくるな、と思った。

あさり、汐干狩、そういうつながりが、東京の町中で暮らしている者に、春を告げる声のようにきこえるのである。

江戸の頃には、あさり売り、しじみ売りは、少年が多かったようだが、わたしが少年の時代をすごした頃からは、勢いのいい若い衆《し》が多かった。

▽あさアリ　むきみよ！
　あさアリ　からさアリ
　あさり　はまぐりよ！
　あさり　しじめよ……

いわしを売りにくると、もう、秋である。いわしは、たくさんとれるので値もやすい。あさりだの、いわし売りなんかのことを、裏町の流し、といっていたようだ。売り声も、ちょいと巻き舌で、あらっぽく、なんだか、下卑た調子があるから、妙だ。

▽あーら　いわしこい！
　あーら　いわしこい！

死んでいる魚を、まるで生きているように、勢いよく、いなせに、生き生きとした売り声で売るのが、いわし売りで、ちょうど、その反対が、金魚売りの、あの、のんびりした売り声だ、と、よく昔の落語家《はなしか》がいったのを、こどもごころに、うまいことをいうもんだな、と、感心して、聞いたものである。

▽金魚ォー　金魚ォ金魚
　メダカ　ヒメダカ　金魚ォ金魚ォ金魚ッ……

いわし売りの売り声とは逆に、生きている金魚を、まるで死んででもいるかのように、そんなふうな売り声で売っていく。

日かげをよって、肩にかついだ天秤棒を、あんまり動かさないように、大事に、大事にして、できるだけ、金魚の入っている桶がゆれないように、ゆっくりと、静かに、歩いていく。

一丁、ひと声というのは、この金魚売りの、売り声である。

金魚玉だの、それから、ふちがちぢくれたようになった、ガラスの入れものに、明治そのもののような、青や、赤の淡い色がついている、ガラスの入れものを売っていた。それへ、いま買った金魚を、放すのである。

それに、つりしのぶなんかも、売っていた。

関西の、金魚売りの風俗というものは、江戸時代、白木綿《しろもめん》の手甲《てっこう》をして、脚絆甲掛けという、旅人の服装《なり》をしていたというから、おもしろい。金魚の桶の下には、いつでもちゃんと、柳行李がひとつ、ちん、とおいてあったそうだ。

江戸の金魚売りの風俗は、べつに決ってはいない。

金魚売りの声がきこえてくると、いつでもなんだか、ねむそうな昼さがりで、ああ夏が来たな、と思わせるのである。

鉾町《ほこまち》の昼の静けさ金魚売
　　　　　　　　――比《ひ》　古《こ》

2

戦争に負ける前までの東京には、町町を売って歩く、こんな小商人の売り声ひとつにも、まるで、音楽でもきくような、うつくしい音があった。

とくに、私の少年の頃には、

▽奥州仙台　斉川《さいがわ》の名産　ええ　孫太郎虫
　五官恐風　虫　一切の妙薬

という〈孫太郎虫〉――

白い洋傘《こうもりがさ》をさして、尻っぱしょりをして、足の、下の方を紐で結ぶ股引《ももひ》きで、そして、わらじをはいていた。片いっ方の手に、孫太郎虫の、黒くほした、そのまンまのかっこの、実物をぶらさげて歩いて来た。

▽ええ　定斎屋《じょさい》でござい
ええ　馬喰町はいとまたでござい
ええ　今日《こんち》は有難うございます

定斎屋となると、これも、真夏の、じりじりと陽の照った、炎天の町中《まちなか》を思いだす。だアれも、歩いているひとなんかいない、まっぴるまの、東京のひろい表通りを、三人で、ゆるく歩いていく。そんな、かッかとした炎天の中を、なにひとつ、頭にかぶらないで、歩いていくというのが、定斎屋のミソで、あれ、生きた見本ということか。道のまん中を、大きな五段ばかりの抽き出しのついた、細長い薬箱を、前うしろに、ひとつずつ、かついで、その抽きだしの鐶《かん》が、かたかた、と鳴った。むこう側と、こっち側を、ひとりずつ、

▽ええ　定斎屋でござい……
いとまたでございます

　毎度有難うございます

と、一軒一軒、うちの中をのぞきこむようにして、歩くのである。
いまから考えると、ずいぶん、いろいろなものを売りにきたものだと、びっくりする。

▽ざアるやー　え　みそこし

▽張り板や張り板ッ

▽七色とんがらし　七色とんがらアし
甘い辛いは　お好み次第

そして、なんだか、手風琴《てふうきん》の音の、きこえてきそうな気がするのが、

▽パンパンパーン　ロシャパーン　パーン

パンパンパーン　ロシャパーン

ロシャパンである。ロシャということばにも、ひどく時代色があるけど、このロシャパン売りの、ロシャパン、という発音の仕方の中に、ロシャのパンだぞ、ほかのパンとは違うんだぞ、というような、なんだか、いばっているようなひびきのあるのが、おかしい。

おなじパンでも、玄米パンとなると、ロシャパンとちょうど反対に、なんだか、すみません、というようなひびきがあるから、これも、へんにおかしいのである。

▽パンパンパーン　玄米パンのほやほやー
パンパンパーン　玄米パンのほやほやー

＊

▽傘やこうもり傘
傘やこうもり傘直し
こうもり傘　張りかえ直し

ええ　こうもり傘　張りかえ直し

そういえば、このごろ、こうもり傘直しも、こなくなってしまった。

あれはもう四、五年前になろうか。四谷の、わたしのうちの路地に、こうもり傘直しがやってきた。

低い声だけれど、あんまりいい調子なので、うれしくなって、うちの者に、おい、こうもり傘の直しはないのか、というと、ある、というので、急いで呼びとめ、玄関の、ポーチのところで、こうもり傘をつくろってもらった。

たべませんか、といって、せんべを持たせてやったら、せんべはたべずに、孫に持ってってやります、といって、そのおじいさんは、お茶だけ、のんでいったそうだ。

わたしは、そのあいだ中、なんだか仕事が手につかず、出ていくのも、なんだかはずかしくって、帰っていく、うしろ姿をみようと思って、二階の、仕事部屋の窓から、そのこうもり傘直しのおじいさんの帰っていくうしろ姿を、そっと、のぞいて、見送った。

それっきり、うちの路地へ、こうもり傘の直し、という声は、もう入ってこなくなった。この頃あんまり、町でもみかけない商売になったようである。

そういえば、でいでい屋というのがあった。

▽でーい　でーい　でい
　でーい　でーい　でい

頭に手拭いをのッけて、尻ッぱしょりをして、股引きを出して、背中にちいさな包みを、ちょん、と、背負《しょ》っていた。

雪駄《せった》直しである。〈でーい〉というのは、〈手を入れよう〉〈手入れをしよう〉ということだろうという説をなすひともあるが、さて、どんなものか。江戸の頃には、あれは非人のやる職業になっていた。

十二月に入ってから、正月の末まで、暦売りのきたのも、忘れられない。

▽年中《ねんちゅう》の御重宝　大小柱暦にとじごよみ
　来年は閏《うるう》で十三カ月《つき》

冬の、つめたく冴えわたった月が、東京の下町の家並みのかげを、くッきりと、道に描いている、そんなけしきを思いだす。

3

わたしの、そんな町の売り声の回想の中で、いまでも、強い印象にのこっているのは、わたしが柳橋に住んでいた時分に聞いた売り声である。

わたしはもう、少しばかり、ものごころがついていて、小山内薫の〈大川端〉であるとか、谷崎潤一郎だとか、永井荷風だとか、吉井勇だとか、久保田万太郎だとか、木下杢太郎だとか、そういうひとたちの文学に、もう心をひかれたりして、たいへん、早熟な若者であった。

わたしのうちは、前もうしろも両どなりも、芸者屋ばかりの、細い石畳の路地にあって、わたしは、旧制中学の二年生であった。

日曜のひるま、二階のわたしの部屋で、本を読んだりしていると、路地から路地のあいだを、みつ豆やが通った。

▽ええ　みつ豆え……

ええ　みつ豆え……

姐《ねえ》さん株の芸者がおごるか、それとも、あみだのくじでも引いたのであろうか。甲高い声で、お酌さんが〈みつ豆やさん〉と呼ぶ声がきこえると、ぱたッと、みつ豆やの売り声がとまる。少したつとまた、みつ豆やが、路地を曲っていく声がきこえた。

みつ豆やの売り声というと、いつでも、うっとりするような、春の昼下りを思いだす。

前に、路地をへだてて、売れない年増の芸者が住んでいた。たまに、箱屋が、お座敷をいってくると、いままで、ひッそりしていたそのうちが、なにか、急に、うきうきとし、やがて、歯切れのいい切火の音がして、カラカラッと、格子をあけて、その芸者がお座敷に出ていった。

酒の好きな芸者で、始終、長火鉢の向うで、茶碗酒をのんでいたが、伝法《でんぽう》で、粋な姿の芸者さんだった。

下地《したじ》ッ子が、台所から掃除一切をやっていたが、夜――。

▽おいなアーりさアーん
おいなアーりさアーん

と、いう売り声がきこえると、よく、格子の音がして、石畳の上を、カランコロン、と、下駄の音をさせながら、その下地ッ子が、〈おそしやさん〉と、呼ぶ声がした。

いつも、しーんと、始終、陰気のうちなのに、冬の晩、夜おそく、稲荷ずしがくると、よく、呼びとめては、そんな時だけ、ちょっと賑やかになって、また、カラカラと格子の音がすると、しーんとしてしまうのである。

稲荷ずしの売り声は、路地の角に、立ちどまって呼ぶのであろうか。

▽おいなアーりさアーん
　おいなアーりさん……

澄んで、つめたく、さみしかった。

4

わたしは、昔の、あの売り声がなつかしく、このごろ、ときどき、そッと、ひとりで、やってみる。

〽朝顔の苗《ナイ》に　夕顔の苗
かぼちゃ　冬瓜《とうがん》　白瓜《しろうり》の苗

そのうちに、ひとりでやっているのが、もったいなくなって、茶の間へ降りていッちゃ、かみさんや娘に、おい、小唄だと思って聞きな、といって、聞かせるのである。そしてわたしは、娘に、こんなことを言うのである。つい、このあいだまではねえ、東京の町に、こんなにもいい売り声が、なんでもなく、歩いていたンだぜ、いいかい？　四月頃になるとね、こんなふうに、ゆったりと、荷をかついで……

〽朝顔の苗《ナイ》に　夕顔の苗
かぼちゃ　冬瓜　白瓜の苗
朝顔の苗に　夕顔の苗
かぼちゃ　冬瓜　白瓜の苗……

今戸橋　雪

1

明治も、十年代の東京は、まだ、江戸のけしきがのこっていた、といわれる。きっと、そうだったろうと、思う。

それどころか、それより、もっと下って、明治三十年代の、たとえば〈風俗画報〉という雑誌の特集である〈東京名所図会〉の中の、山本松谷《しょうこく》の描いた、東京の町町のスケッチをみても、わたしなんかには、たぶん、これも、江戸のなごりのけしきなのではあるまいか、と、そう思わせるようなけしきが、たくさんに、出てくる。

たとえば、京橋区の三ツ橋である。弾正橋《だんじょうばし》は、もう、鉄のアーチになっているけれど、その手前の、白魚橋《しらおばし》。その右の、真福寺橋は、両方とも木の橋で、そこに、糸のような、ほそい、雨が降っている。向う河岸の、白壁の倉、黒い土蔵づくりの店。瓦斯であろうか、軒あかりのついている家並み。白魚橋と、弾正橋のあいだに、塀のある、かわいいうちがあって、その石崖の上に、枝を垂れている、柳。みんな、紙の傘をさしたひとばかりだけれど、三人だけ、黒の、コーモリ傘をさしている。人力車も、遠くの方もかぞえて、五台。そのうち、白魚橋の上を、二人《ににん》曳きの車が、いま、通り抜けようとしている。川には、いろいろの船が、いっぱい通っていて、中に、蓑《みの》を着て、すっかり、雨支度《あま》をした男が、竿をつかっていて、長い筏が、これも、いま、白魚橋をくぐろうとしている。

その絵の、いちばん、手前の、ちいさな、紙の傘に、松の谷と書いて、松谷《しょうこく》、という、そういう、しゃれて、さりげないサインがあって、ありがたいことに、その、東京スケッチの欄外に、松谷の字で〈明治三十四年三月〉写《うつ》す、と書いてある。

小林清親や、井上安治《やすじ》の、東京スケッチは、一枚絵で、売ったもので、山本松谷の、東京スケッチは、〈風俗画報〉という雑誌に、掲載されたものだから、そこに、ま、微妙なちがいのあることはわかるけれども、ほんとうは、清親も、安治《やすはる》も、そのけしきを、いつ、スケッチしたか、という年月を、その絵の外に書いてくれると、ほんとうは、もっと、よかったと思う。

こういう、たとえば、山本松谷の、明治三十四年の、三ツ橋のスケッチを、一枚、みても、わたしには、なんだか、江戸の町を、思いうかべることが出来る。

そこに、ちょん、ちょんと、描かれた人物も、いま、わたしたちの生きている、現代のひとなんかとはちがって、どうも、江戸のひとにちかいひとたちのように思われる。そういう、人物たちばかりである。

たぶん、そういうことも、ひっからまってのことであろうけれど、たとえば、この、松谷描く、明治三十四年、春の、京橋区、三ツ橋のスケッチ一枚にしても、いまの東京を思わせることは、まったくといっていいほど、けもなくって、江戸の町というものは、たぶん、こんなものだったろう、と、そっちの方が、つよく、くるのである。

山本松谷というえかきさんは、清親や、安治が、東京のスケッチという、その、貴重な仕事ゆえに、こんにち、なお、こうして、わたしたちに、深い関心と、愛情をもたせつづける、そういう、すぐれた絵という仕事の、その筆を折ってから、間もなく、登場《とじょう》してきたひとで、明治二十年代から、三十年代にかけて、たいへん、さかんであった石版という印刷技術による、すぐれた記録画家である。

明治三十年代にスケッチした、山本松谷の東京風景で、江戸とは、こんなものだったろうか、と、考えさせられるのだから、小林清親や、井上安治の描いた、そのまたひとつ前の東京に、古い東京、つまり〈古東京〉ともいうべき、明治の、強く、はげしい抒情と、つきることのない、なんとも、すがすがしい、こころの郷愁を感じるのは、まことに、当然なことであろう。

わたしなんかのような、東京で生まれて、東京で育って、東京で生きて、東京で、死んでいくであろう男にとって、清親や、安治の木版の東京スケッチは、ひとつひとつ、まさに、郷愁である。

2

去年、わたしは、井上安治の描いた、葉書型の、東京スケッチの、木版画の、百なん枚かのまとまったものを、手に入れて、たいへん、ごきげんになった。

安治の、いちばんさいしょの作品とされている〈浅草橋夕景〉を描いたのは、明治十三年、安治が、十七歳の時だったといわれる。銀座に、話をしぼると、明治六年に、瓦斯灯がともり、十年には、煉瓦の街が完成していて、十五年には、もう、鉄道馬車が通っている。東京馬車鉄道の、新橋、日本橋間の開通である。イギリス人のコンドルが設計して、日比谷に、国際的な、大社交場である鹿鳴館の出来たのが、鉄道馬車の通りはじめた、あくる年の、明治十六年である。この年、束髪、西洋上巻《あげまき》、また夜会巻といわれた西洋、あるいは西洋風の髪型が、ほんの少し、東京の町に、ちらちらするようになった。

安治が、〈浅草橋夕景〉を描いた頃の、東京の女たちは、娘だと、文金、結綿《いいわた》、銀杏返《いちょうがい》しを、かみさんたちは、むろん、丸髷だけれど、きりッと、ちいさかったのを、だんだん、でッこりと、大きくしていった。

牛乳を配達をするようになったのも、ちょうど、おなじ頃で、明治十四年ぐらいかといわれている。牛肉屋はあったけれど、西洋料理は、六年に、築地に出来た精養軒である。妙なことだけれど、井上安治は、洋食をたべたろうか、と、時どき、考える。いつ、たべたろう。たべて、どんな気がしたか。なんだか、そんなことが、時どき、知りたくなる。しかし、たぶん、西洋料理は、たべないで、死んでいったのではないのか。それとも、安治の作品から、うかがわれる、あのわきだすような好奇心。とくに、文明開化の、まっただなかにいての、そういう好奇心のつよい青年であったから、安治の画を売り出す版元の福田なんかに連れられて、築地の精養軒で、西洋料理をたべたか。たべているとすると、一枚ぐらい、それらしい取材の作品があってもいいように思うけれど、どうも、そんな作品はない。

安治は、元治元年、川越に生まれている。ヤスハルがほんとうらしいが、通称をヤスジ。俗称を、安治郎。小林清親の門人で、その画風をつぎ、洋画風の影響をうけて、かげのある、あたらしい版画をつくった。探は探偵の探、景は景色の景という字で、探景——探景などと名乗る頃から、画風が、一変して、つまらなくなってしまった。新吉原夜桜景《よざくらのけい》、富士見渡之景などが代表作とされているが、わたしは、今戸橋雪が、いちばん、好きである。

浅草の並木亭という、寄席のある路地に住んでいた。清親とはまた違ったポエジイというか、詩とでもいうか、そういう、古東京の、抒情にあふれた版画を、百三十点以上、描いている。房房とした髪の毛を、明治初期の、あのスタイルで、分けて、たいへん、うつくしい、若者であったという。明治二十二年の秋、二十六歳の若さで、死んでいる。

それから、また、その時分の、明治の話をつづけると、十一年に、電信中央局の開業祝賀会が、工部大学校に催されて、はじめて、アーク灯というものが点火された。そして二十年には、東京電灯の第二電灯局が落成して、営業用の火力発電が、はじめられ、電気というものが、はじめて、一般に、供給されるようになってきた。

ほたるのひかり、まどのゆき。書《ふみ》よむつき日、かさねつつ。いつしか年も、すぎのとを、あけてぞ、けさは、わかれゆく。という、唱歌〈蛍の光〉や、ちょうちょ、ちょうちょ、菜の葉にとまれ。なのはにあいたら、桜にとまれ。とまれよ、あそべよ、あそべよ、とまれ。という、唱歌〈蝶蝶〉などの出来たのが、明治も、十四年である。〈小学唱歌集〉の初編に、こんな唱歌が、教材用として、はじめて出来た頃であった。

そんな時分を、木下杢太郎は、〈古東京〉ということばで、表現しているのだけれども、そんな、井上安治が、さかんにスケッチしたころの、安治の描いた東京の町町は、いったい、どんなところであったのだろうか。

わたしは、安治の描いた〈今戸橋雪〉という絵をみて、そして、こんな文章を書いた。〈ゆめ今戸橋〉と、題をつけた。

3

日本橋の〈まるたか〉が、いつのまにか、今戸橋の、すぐ、橋のたもとに、越してきている。

「さきほど、安治さんが、橋ンとこを、写生にみえましてねえ、もう、お宅がおみえになる頃だからって申し上げましたが、きょうは、並木亭で、円喬《えんきょう》をきくんだとか、おッしゃいまして、つい、さきほど、お帰りンなりました。お若いンですねえ」

と、まるたかの主人が、ちょうど、いつもの、ほどのいい燗をした酒を、わたしに、ついでくれながら、そういった。

「若いとも、〈浅草橋夕景〉ッて版画を描いたのが、あれ、まだおととしかい？　そうすると、いま、まだ十九だ。あれが、東京のスケッチを描きはじめた、さいしょの仕事だからね」

わたしは、ひと口で、それをのみほして、すぐ、こんどは、自分で、自分の杯に、酌をした。ここのうち、いまごろの季節になると、いつも、きりッとしたにこごりを出す。

小林清親の若い弟子で井上安治という版画の絵かきである。ほんとうは、やすはるというらしいのだが、やすじ、で、通っている。わたしは、清親とは、もう古いなじみなので、安治が、清親と一緒に、やっぱり、並木亭で、おとしばなしを聞いている時に、師匠の清親からひきあわされた。ひとめで、胸のわるそうな、青じろく、うつくしい少年、と、いってよかった。

わたしは、清親の、東京のけしきを描いた版画が好きで、両国の大黒屋で、あたらしいのを、みつけると、すぐ買うくらいだから、井上安治の、このごろ、長谷川町の福田で出している、葉書ぐらいの型の、あれ〈東京真景〉というのであろうか、あんな版画も、もう、四、五十枚は持っている。

ひとぎらいの強そうな安治だが、妙に、わたしと、うまがあって、このごろでは、柳河春三の〈写真鏡図説〉だの、〈西洋時計便覧〉なんて、へんな本は、みんな、うちへ借りにきたりしている。

「東京は、こんな雪が降ると、また、一段と、いいながめンなるッておっしゃいましてね。なん枚も、なん枚も、写生をしていらっしゃいました」

雪が降る？　冗談じゃない、雪なんか降ッちゃいないじゃないか。げんに、いま、わたしは、〈まるたか〉の樽の上に、うすい、ちいちゃな腰ぶとんを敷いた、その上に、こうやって、腰をおろしたばかりである。少し、うすぐもりのした夕方ではあったけれども、雪なんて、けもないことだ。第一、その雪げしきを、安治が写生にきたなんて……

わたしの、わきの、こまかく、竹の桟《さん》のうってある小窓を、そっと、あけてみたら、お、なるほど、一面の、雪のけしきである。

人力車が、幌《ほろ》で、ひとをかくして、一台、いま、今戸橋の、ちょうど、まん中のあたりを、待乳山《まっちやま》の方へ渡ろうとして、傘をさしたひとが四、五人、だまアーって、歩いている。みんな、浅草の方へ、いくひとたちばかりだ。少し、そして、雪が降っている。

そういう時間が、わたしは好きで、いつも、そういう時間にばかり、まるかたへも、のみにやってくるのだが、あかりをつけるのには、まだ、少し早く、そうかといって、もう、夕やみが、そこまできているという、こんな時間を、たそがれというのか。

すっかり、灰いろになった空が、どんよりと、聖天さまの、屋根のうしろにたれさがっていて、雪の中を、五、六羽、からすが、これも、浅草の方へとんでいった。

そうかい、そうだったのかい、それはよかった、雪の、いい、今戸橋のスケッチがまた出来るぜ。わたしは、たいへん、ごきげんになって、そういって、しずかに、障子をしめた。

「こんな時、お宅が見えたら、ぜひ、お聞かせしようッてッてね。さっきから、富崎検校《とみざきけんぎょう》が、そういっておいででした」

主人は、のれんを、ちょっとはねて、裏の方へ、消えた。たしか去年の秋からだと思ったが、法師唄の、宮崎春昇さんが、まるかたの裏の、茶室めいた、しんとした住いが気に入って、女のお弟子と、ひっそり、住んでいる。わたしが、まるかたへのみにくると、いつも、きまって、遠くの方から、きっと、三味線を弾いて下さるのである。

まるかたの主人が戻ってきて、三本目の徳利と、しらあえの小鉢物をはこんでくれた。と、遠く、なんともいえない、ちょうどいい、へだたりをもって、ゆるくかなしい唄ごえがきこえてきた。

花も雪も　はらえば　清き　袂《たもと》かな……

上方唄の〈雪〉である。〈雪〉は、わたしが死んでゆく時、ぜひきかせてくれと、うちの者に、そういっているくらい、好きな、好きな曲である。

ほんに　昔の　むかしのことよ
わが待つひとも　われを待ちけん
鴛《おし》の雄鶏《おとり》に　もの思い羽の
氷《こお》る衾《しとね》に　鳴く音《ね》も　さぞな
さなきだに　心も　遠き　夜半《よわ》の鐘

そして合の手になったとたん、からッと、まるたかの油障子がいい間で、あいて、
「そうか、やっぱり、いたいた」花柳章太郎が、そっくり、〈歌行燈〉の、恩地喜多八《きたはち》のようなこしらえで、のぞきこむと、わたしの顔をみて、なんでえ、やっぱり、まるたかにいたじゃアねえか、そうか、そうか、と、すっかり満足した笑い顔で、すぐ、ひょいと、うしろを振りむいて、
「先生、木村先生」

と、大きな声で、呼んで、また、

「いましたよ、鶴さん、やっぱり、ここにいました」

そういって、入ってきた。

木村荘八先生は、洋服を着ていて、たぶん、つい、さっき起きたらしく、まだ、すっかり、自分に、なりきらないような顔つきで、入って、みえた。花柳が、木村先生をさそって、わたしの駒形河岸のうちへ、雪見としゃれたら、いましがた、今戸橋の、まるかたへいったと、聞いたというのである。

すぐ、裏の、遠くからきこえる〈雪〉の三味線の音に、気がついて、花柳が、

「誰？　富崎さん？……」

とたずねた。

木村先生は、にこごりだの、いりどうふだの、そんな小皿や、小鉢をつッつき、花柳は、いかにも、うれしそうに、わたしが酌をしようとするのを制して、自分で、ついでは、杯をかさねた。しんとした、今戸の、雪の、夕まぐれである。誰も、話なんかしずに、だまって、〈雪〉の、遠弾きの、三味線をきき、ときどき、花柳や、わたしが、自分の杯につぐ、酒の音が、トク、トクトク、と、ひびいた。

裏の三味線は、やがて、終った。

わたしが挨拶にいくと、春昇さんは、また、気をつかうから、まるかたの主人に、酒と、小鉢物をみつくろって、とどけてもらった。

木村先生とは、つい、このあいだ、浅草で、竹沢蒔治《とうじ》の曲独楽を、一緒に、みに出掛けた時以来だから、まだ、四、五日のことだけれど、花柳は、こッちは、始終、舞台ではみているけれど、このところ、とんと、三つきぐらいの、無沙汰である。

窓の外の山谷堀には、こんな雪だというのに、吉原へ急がせる舟があるとみえて、ときどき、もう、酒の入っている男の声が、かん高く、なにかいっているのが、きこえてくる。

わたしは、好きなまるたかで、たまたま、わたしを訪ねてきた、こんなにも好きなひとたちと一緒に、まるで、井上安治の描いた東京の版画の中にいるのと、まったく、少しも変らない気分の中で、しずかに、酒を汲んでいることに、感動した。こんな、しあわせッて、そう、むやみに、あるものではない。杯をおいて、そっと、ひとり、そんなことを考えていたら、突然、木村先生が、こんなことをいいだした。

「一期《いちご》一会《いちえ》といってね。一生に、いちどしか、また、望んではいけないことというものがあるんだね。この喜びを、もういちど、なんて思ったら、だめなんだな。それでは、ほんとうの喜びにならない。ほんとうの喜びというものは、その喜び、その時、それ、いちどのことさ」

わたしは、いま、げんに、自分が、そういうことを考えていたのを、木村先生が、すぐに、わかって、そういって下さったことを、ちっとも、ふしぎなことなんかに思わず、まるで、少年かなんかのように、

「はい」

と、そう、大きな声で、答えた。

まるたかを、出たら、いつのまにか、雪がやんでいて、こんどは、いい月夜になっていた。

2

ずいひつ・かんだ　抄

神保町

神田で、やっぱりいちばん親しい町は神保町である。

ひょいと、仕事のひまが出来ると、わたしはそのまんまのかっこで、四谷見附からタクシーに乗って、専修大学前で降りる。いつでも、あれから、神保町に向って右側の古書店街を駿河台まで歩く。

一軒、一軒、しらみつぶしとまではいかないが、入ったり出たり、ちらちらしながら、ちょっと油断をすると、三時間ぐらいはいつの間にか経ってしまう。

停留場にしてたった二つの間だが、銀座をいくらていねいにショッピングして歩いても、わたしは一時間と歩くともうげんなりするのに、神保町の古書店街では、いつの間にか時が経ってしまうのである。

神保町がいまのように一丁目、二丁目、三丁目となったのはいつ頃からであろうか。それより、神保町がこんなに古書店街として専門化したのはいったいいつ頃からのことなのであろうか。風俗画報の増刊、東京名所図会、神田区之部をみてもそうはっきり古書店街ということは書いてない。これが明治三十二年七月の発行だから、いまから六十三年前の記録だが、神保町についてこんなことが書いてある。

――神保町は表、裏、南、北の四ケ町に区分し、西北より東南に長く、その南端は錦町及び一ツ橋通町を以て境界とす。東北は小川町、猿楽町につらなり、西は西小川町、今川小路を隣りとせり、往昔、この地に神保某の邸宅ありしより、人、これを神保小路といひたり。その後、榊原式部大輔、内藤大和守、戸田七之助、その他幕士の邸地ありしを、合併して、維新後、神保町と称えしなり。

その頃、勧工場《かんこうば》が二つあったようだ。裏神保町一番地に東明館、表神保町一番地に南明館。この風俗画報の増刊、神田区之部上巻の表紙は山本松谷《しょうこく》さんが描いているが、煉瓦のアーチの左右に「南明館勧工場」それに「御覧御随意」という看板が掛っていて、その上の洋風のてすりには、なにやら猫文字の看板があって、アーチの中には勧工場の店飾りがみえる。階上は黒と白の壁で、瓦屋根があって、その上に明治開化をそのままの時計台がそびえている。

絵の右側に石の鳥居があって、これは永寿稲荷、一名いまでも五十稲荷《ごとう》といわれている社《やしろ》。瓦斯《ガス》灯が三本立っていて、氷屋の屋台が出来ていて、緋《ひ》の毛氈《もうせん》を敷いた縁台に客が二人腰掛けていて、洋傘《こうもりがさ》が置いてある。

ところで、わたしはなんの気もなく勧工場ということばを使ったが、考えてみるとこれももう遠いむかしにすたれた明治語のひとつであることに気がついた。

大辞典を引いたら、種々雑多な商店が組合を作って、一つの大きな建物の中に、それぞれ各種の商品を陳列し商う場所、とある。

なんでも明治十年の夏、上野公園で開かれた第一回の内国博覧会が終ったあと、売れ残りの出品を処分しようとして勧工場というものが出来たという話だが、いまでいうと数寄屋橋ショッピングセンターなんか、つまりはそっくり勧工場なのである。

中に、その頃の神保町の名代のうちが列記してあるが、わたしに興味のある店を拾ってみると――

そばやの地久庵。一等球戯場というからいまのビリヤード、その頃の玉突きであろうか、千代田軒。その頃、玉突きだの、洋食屋だの、ミルク・ホールなどというものはたいていは軒という字をつけたものである。

寄席で川竹亭、表神保町七番地、電話、本局の七百六番、当時はまだ本局というのがあったから嬉しい。「この寄席、もと重の井と称えしが、十数年前、改めて川竹亭となりぬ」とある。それに聚楽亭「講談の寄席にて、いまの一番地にて営業せり」とあって、ほかに新声館「宏大なる貸席にして同所に在り」とある。南明も、新声館も、のちにそのままの名で映画館になったわけだ。

あと、旅館と洋品店と洋服店が多く、さて本屋はというと――

敬業社書舗、有名なる書籍出版販売所にして、博物標本の製造を為す。三省堂書店は、前者と共にその名高しとあり、つづいて冨山房、おなじく有名なる書籍店にて合資会社なり、房主を板本嘉治馬という、と誤植している。坂本である。それから丸善の支店という中西屋書店。東京堂、博文館の支店にして堂主を大橋省吾。

そしてわたしは、ようやく、つぎの一節にめぐりあって安心した。曰く「このあたり、書籍店の夥しき、けだし、都下第一とす」そして「書生の来往織るが如し」とあった。

神田のうた

玉の宮居は丸ノ内
近き日比谷に集まれる
電車の道は十文字
まず上野へと遊ばんか

といううたい出しの〝電車唱歌〟は、明治三十八年の秋に出来た。東京の電車は、明治三十六年に新橋から品川まで通ったのがはじめだから、この歌の出来た頃は、電車はなんとも珍奇な、驚嘆すべき乗り物であったに違いない。

〝電車唱歌〟の作詞者・石原和三郎は、まず宮城からはじまって、なんと九段までを52コーラスで書いている。

神田は、その3節目に、

渡るも早し神田橋
錦町より小川町
乗りかえしげき須田町や
昌平橋《しょうへいばし》を渡りゆく

といって、やがてまた11節に、

電車は三橋のたもとより
行く手は昔の御成道
万世橋をうちわたり
内神田へと入りぬれば

須田町鍛治町うち通り
今川橋より本石町
室町すぎて日本橋
さても都の大通り

で、もう神田は終っているかと思うと、どうして、なかなか、そうではない。35節目に、

外濠《そとぼり》線は四ツ谷より
市ケ谷見附　神楽坂
砲兵工廠前をすぎ
お茶の水橋駿河台

と、これから小川町や鎌倉河岸なんかが出てきて、神田という町の大きさや、当時の、その置かれた位置が、東京の中でどんなに大きなものだったかを物語っている。大こくさまや一寸法師とおなじように田村虎蔵の作曲による、いかにも明治唱歌らしく、かわいい歌だ。

かと思うと、神田の出てくるわらべうたもある。

お正月がごーざった
何処までごーざった
神田までごーざった
何に乗ってごーざった
交譲木《ゆずりは》に乗って

ゆずりゆずりごーざった

と、こんな風に、江戸の正月の、こどものうたにまで、神田が出てくる。

寄席では、芝で生まれて神田で育ちという文句を聞いた。

ほんとうは、どういう意味だかわからないけれども、たぶん、それでこそ生粋の江戸ッ子という意味なんだろうと、いまでも、そのままそう思っている。

わたしの学生の頃、二村定一がうたった、肩で風切る学生さんに、鐘が鳴る鳴る神田神田神田というウたがあったが、さて、なんという題のうただか忘れてしまった。

おなじ頃、やっぱり、二村定一のうたで、

宵闇せまれば、悩みは果てなし
みだるるこころに
　うつるのは誰が影
君恋し　くちびるあせねど
涙はあふれて　今宵も更けゆく

も、わたしには、すぐ、神田が連想される。

いま、フランク・永井がリバイバル・ソングでうたっているが、時雨音羽《しぐれおとわ》・作詞、佐々紅《さっさこう》華《か》・作曲というコンビで、肩で風切るも、おなじ時代のうただから、たぶん、作詞・作曲も、おなじひとたちではあるまいか。

わたしは、よく、ともだちにさそわれて、駿河台のちいさな喫茶店に出かけた。

スペイン語の上手なマダムが、いかにも、神田のプリマといったかたちに、みんなから騒がれていて、わたしのともだちは、そのツバメであった。

クリスマスの時なんかは、みんなで店のデコレーションをして、飾りつけを終ったあとなんか、マダムと一緒に銀座までのしたものである。

うたは、そのうたをうたった時代をいちばん手ッ取り早く、再現するものだが、わたしは、肩で風切るや、宵闇せまればを口ずさむと、まざまざとその頃の学生服を着たわたしを思い出すことが出来る。

わたしは、明治大学ではないけれど、白雲なびく駿河台といううたも、まさに、神田のうたであり、同時に、まさしく、わたしの青春のうたであった。

神田のひと

年月にしてみると、ずいぶん、昔から知っている勘定になる。

信《のぶ》さん、といった。

そのひとを、わたしが知ったのは、わたしが神田の中学に入った一年の時だから、大正十年の、あれは夏のはじめの頃であったか。

信さんは、神保町の、電車通りの、古本屋の小僧であった。

わたしは、その時分から、学校の帰りに、神田の古本屋を歩くことをおぼえた。

ということは、自分の小遣いで、自分の欲しい本を、買うという喜びを、知ったということになろうか。

わたしは、袂《たもと》の着物を着せられたり、それからもう少しあとになって、頭の毛を、長くのばした時よりも、この、自分で、本を買うという喜びを知った時の方が、もっともっと、余計に、大人になったという気がして、うれしかった。

信さんは、そういう、わたしの古本屋歩きの、とある一軒の、極《ご》くもう、なんでもない、ありきたりの古本屋の、恰度、わたしとおなじ年頃の小僧さんであった。

その本屋は、店の棚にちゃんと本が並んでいないで、ところどころ、本の並んでいない棚が、ぽくんぽくんと、大きな口をあけていた。実際本屋で、本の並んでいない棚なんて、口をあけているような感じがした。

信さんの勤めている古本屋さんは、そんな店だった。

ちびっこの、生《なま》ちゃんな中学生が、学帽をあみだにかぶって、えらそうに、荷風だの、潤一郎だの、龍之介だのという本を手に取っては、ひと通り、えらそうな顔をして、たまには、そんな本を買うのだから、多少は、信さんの興味をひいたとみえる。

そのうち、店へ入っていくと、目礼をするようになり、やがて、いらっしゃい、などと挨拶をするようになり、そのうちに、いつの間にか、お互いに、名を知るようになり、こんどは、東洋キネマだの、シネマ・パレスだのでやっている映画の話なんかもするようになった。

こっちは、予科から、大学にいっても、いつまでも、学生とは縁が切れないのに、信さんは、逢うたびに、大人になっていくのが、目にみえて、よくわかった。

信さんは、そんなわたしを、安藤君などと、ひどく親しげに呼んだりした。

わたしは、古本屋の番頭に、君《くん》などといわれるのが、なんだか癪《しゃく》にさわって、しばらくの間、神田を歩いても、信さんのいる古本屋は、通りすぎることにした時代もある。

新聞記者になってからも、ひまがあると、わたしは、神保町の古本屋を歩いた。

そして、老書生になったこんにちただいまも、相変らず、おなじように、そうしているのだから、神田は、死ぬまで、縁の切れない町であろう。

あれはいつ頃のことか。

戦争に負けたあとだと思うが、やっぱり、わたしが、神保町を歩いて、方方の、書棚をみている時、突然、声を掛けられて、びっくりしたことがある。

古本をみて歩いている時は、書棚ばかりをおっかけていて、まわりに、どんなひとがいるか、などは、まるで考えないものである。

したがって、古本屋で、声を掛けたり、声を掛けられたり、ということは、殆どないので、びっくりした。しかも、安藤君、などというのである。

信さんであった。

信さんは、新本屋の主人におさまって、にこにこと笑いながら、この頃、だいぶ、ものを書いているではないか、という風なことをいった。少し、これもまた、なんだか、えらそうなので、お前さんも、立派な本屋になったもんじゃゃねえか、えれえもんだ、いった風なことをいって、文庫本を、二、三冊買って帰った。

神田を歩いて、新刊書を買う時は、少しばかり歩いても、人情、信さんの店で買うようにした。そのうちに、わたしも、自分の著書を出すようになり、そうすると、信さんはまた、本を出したではないか、なかなか、やるではないか、という風なことを、また、少しえらそうにいったりした。

そんな時、わたしはまた、わたしの本を、もっとみ易い棚へ並べなくっちゃいけねえじゃァねえか、などと、そんなことをいっては、また文庫本を、二、三冊買っては帰った。

信さんの店は、まるで、卸し店かなんぞのように、おなじ本が、いつも、必要以上に、ぎっちり積み重ねられて、本で、店がふくらんでいるような店だった。

その信さんに、この四、五年、逢えなくなった。

ある日、いつものように、信さんの店で、わたしはまた、文庫本でも買おうと思って、なにげなく、入ろうとしたら、そこは、喫茶店になっていた。……

四十年もの長い年月《としつき》、町中で、知り合ったそんなつきあいというものは、わたしには、神田の、そういうひとだけである。

それ以来、信さんとは逢えない。

こんなところで

連雀町の藪

連雀町の藪では、いろいろのひとに逢う。

忘れられないのは吉右衛門と、久保栄《さかえ》である。

二人とも、もう、いまはいない。

吉右衛門が、渋い和服姿で、ここでそばをたべている姿は、なんだか、古い東京の、よき日、よき時が再現されたようで、遠くの方から、わたしはほれぼれと眺めた。

そばのたべ方も素晴しかった。

早いのだが、それが急いでたべているという感じの早さではなく、なんともさわやかで、すっきりとした箸のはこびであった。

吉右衛門は、ここの店のつくりも好きらしく、たべてからも、しばらく、じッと坐っていた。ちょおど、昼の客がひと通り片づいたあとの、初秋のひるさがりで、ゆうべから降りだした雨が上って、さりげなく手入れをしている庭に、うッすら、陽がさしていた。

そんな秋のはじめの陽の色を背景に、吉右衛門が、そばをたべ終ったあと、ひッそりと藪の座敷に坐っているところは、わたしがもし絵かきさんなら、ぜひ、描きたいような構図であった。

むろん、夫人のお千代さんも同伴で、そういう吉右衛門の、落着いたとりなしというものも、わきに、あの、神経のいきとどいた奥方がいるからだということは、その、一と時の間にもよくわかった。

吉右衛門は、帰りがけ、点々と、二、三組散らばっていた客たちにも、かるく、礼をするような形をして、藪の石だたみを歩いて出ていった。

久保栄に逢ったときは、ちょっと、ぎょッとした。

吉右衛門が、藪でそばをたべているのに不思議はないが、久保さんが藪でそばを待っているのをみつたけたときには、ちょっと、びっくりしたのである。

でも、三分ぐらい経ったら、久保さんが神田の藪で、そばをたべているのが、ちっとも、不思議でないことがよくわかった。

コッちが、さきに帰ることになり、久保さんに挨拶をしたら、ぎょろッとした目をして、こんどは逆に、安鶴《あんつる》が神田の藪にそばをたべにきているということに、なんだか、不思議そうな顔をしていた。

忘れもしない、この時は、もうそろそろ、オーバーの襟を立てたくなる季節であった。

神田駅

戦争に負けた年のことである。

よく、その頃、神田から上野まで国電に乗った。

小石川で焼けだされて、埼玉の桶川から東京の新聞社に通っていたので、上野から、こんどは上越線の汽車に乗るためである。

ある時、「ゆうべはたいへんなごきげんでしたね」と、社の仲間にいわれた。

コッちは、なんにも知ッちゃアいないのだが「神田駅、しずかにしろいッ」と、どなっている男がいるので、向うッ側のホームから、すかしてみたら、そのよッぱらいがわたしだったというのである。

駅員が水を撒かないで、ホームを掃いているので、しきりにその塵が舞う中で、わたしは、大きな声で「おい神田駅、水を撒いてから掃け」だの「神田駅、しずかにしろいッ」だのと、いちいち、神田駅、神田駅とどなっていたのが、たまらなくおかしかったというのである。

そういわれて、ひどく、塵ぼこりを立てて、若い駅員が、ホームを掃いていたけしきを、ぼんやりと思い出した。

もう、終電にちかい、夜更けのがらアーンとしたホームで、東京のまん中に、追剝《おいは》ぎの出た時分である。

事実、わたしは、いちど、身ぐるみ、追剝ぎにやられた。

先代の柳家小さんのうちに、芸談の聞書《ききがき》を取りにいっていた頃で、いちど、小さんの稲荷町のうちを出て、銀座で酔ッぱらって、夕方、上野からそのまま、汽車に乗って桶川へ帰ればいいものを、どういうわけだか、また小さんが恋しくなって、上野で降りてまたのんで、くらい焼け跡を、稲荷町の小さんのうちへいこうという途中で、わたしは文字通りパンツひとつになって、おッぽりだされたのである。

神田駅というと、そんな頃のことをすぐ思い出すのだが、そのあくる年、神田駅のホームの柱に、一輪ざしが備えられて、季節の花が飾られたことも忘れられない。

その花の下に、せめて一輪の花ででも、このすさんだ敗戦の気持ちを慰め、とり直しましょうとあって、おわりのところに、駅長と書いてあった。わたしの知る限り、戦後、駅で最初に花を飾ったのは、神田駅であった。

さゝま

駿河台のさゝまも、古い店である。

店のつくりや、大きさなんかも、まったく、昔の店の通りで、ちっともいばらず、ひッそりとしている。それが、いかにも東京の店という気分にしている。

よく、わたしがさゝまに菓子を買いにいったのは、わたしが学校を出て、勤めるとこがなくって、二、三年ぶらぶらしていたら、社長から声を掛けられて、錦町の精興社に勤めたころのことだから、あれは昭和十二年から十三年ごろのことである。

三時になると、ときどき、精興社の事務所であみだをやった。

あみだは、最高が十銭で、二銭なんてのもあった。

わたしはそういうことのひどくヘタな男で、いつでも、いちばん、割りの合わないクジを引いた。

その最高の十銭を出したあげくに、ひとりで、お使いにいかされるという役である。

自分で買いものをするといえば、本か、文房具ぐらいしか、買いものというものをしないような、そんなわがままな男だったので、この役が、へんにみじめッたらしく、はずかしくってつらかったことをおぼえている。

少し数も多いので、ひまがかかり、わたしは、さゝまの、いつでもうッすらと水が打ってある、ちいさい店さきのイスに腰を掛けて、駿河台の電車通りをみていた。

柚饅頭《ゆまんじゆう》、洲浜《すはま》、君時雨《きみしぐれ》、そのかわり、わたしは、自分の好きなそんな菓子だけを選んで、ほんの少し、それで溜飲をさげた。

いつも、店に、ひとのいないうちで、大きな声で、奥に向って声を掛けると、出てきた。

ああいうムードの菓子屋というものも、もう、東京に少くなった。

わたしは妙な男で、ででこと、大仰な構えの店を、だいたいに於て信用しない。とくに、和菓子なんてものは、小体《こてい》な店の奥で、ひッそりと、こしらえているようなうちのでないと、ありがたくない。

さゝまが、昔ながらの、さりげない風格の店でいるのをみて、神田という町は、やっぱり、東京ッ子らしい頑固な町なんだとうれしくなった。

精興社

精興社は印刷会社である。

わたしは、岩波書店の著者の中で、少し、印刷に対してうるさい著者たちが、精興社で印刷してくれ、という註文を出すことを、ずいぶん、昔から聞いていた。

わたしが精興社で働かせてもらったのは、ちょおど、永井荷風の〝濹東綺譚〟が岩波書店から刊行されたころだから、十二年の夏か、秋のはじめのことであった。

それから、おなじような好みの本で、荷風の〝おもかげ〟が、おなじ岩波から出たのは、たしか、その翌年のことである。

印刷は、ともに精興社であった。

事実、すばらしい印刷で、とくべつの美しい書体の活字で、いつでも新鋳の活字しか使わなかった。いちど使った活字を、二度とは使わなかったのである。

岩波の本を、美しく、品のいいものにしたのは、どのくらい精興社の印刷のためか、ちょっと想像以上のものがある。

わたしは、その精興社に、一種のあこがれを持っていた。あんなにもすばらしい岩波の本が、印刷される精興社ということについてである。あこがれというと、少しこそッぱくなるけど、一種の尊敬という方が当っているかも知れない。

当時、といって、わたしが学校を出たてのそのころ、わたしは東京で、わりかた有名な素人義太夫であった。

わたしは義太夫が巧かったので、いまでは、ときどき、さも義太夫の商売人《プロ》だったと間違えたりするのがいるようだが、わたしは、商売人ではない。れっきとしたアマチュアであった。なにがしかの出演料を出しては、東京中の、あッちの貸席、こッちの貸席を語り歩いていたのである。

その、素人義太夫の仲間で、白井清華《せいか》というひとがいた。ひどく立ち居振る舞いの、きちんとした小柄な紳士で、わたしをつかまえては、よく〝都昇《としょう》さん〟都昇さんといった。白井さんの清華も、わたしの都昇も、ともに、素人義太夫としての俳号である。素人だから、太夫はつけられない。

この白井さんが、精興社の社長だと知った時はびっくりした。

ある時、精興社の社長の白井さんが、都昇さん、なにしてます、とわたしに訊ねた。

小津安二郎の映画に〝大学は出たけれど〟というのがあったけれど、わたしは大学を出て、ある新聞劇評家の、劇評の代作をしたりなどして、ぶらぶらしていた。

そんなときに、あそこやここの貸席に出演しては、義太夫を語っていたのだからいい気なものである。

遊んでます、といったら、白井さんはそれが癖の、ちょっと目をぱちくりしていたが、うちの会社にきませんか、といって下すった。

印刷会社で、いったい、わたしがどういう仕事をするのか、そんなこと、なんにもわかっちゃアいなかったが、そういって下さったことに感動し、わたしははじめて勤めということをした。

精興社は錦町三丁目にあった。

わたしは、中学が神田なので、水道橋から三崎町、神保町、九段下から駿河台の界隈は、そんな時分から親しい町だったが、ふしぎに、一ツ橋、錦町河岸、それから神田橋の方は知らなかった。

いつでも、三省堂と救世軍の本部をつなぐ、いまの、すずらん通りぐらいまでで、それから錦町の河岸の方までは足をのばしていなかった。

神田は自分の生まれた浅草のつぎぐらいに親しい町なのに、だから、精興社のあるところを知らなかった。

中学生のころ、始終、カキフライとカレーライスをたべにいっていた音羽とひと足のところに精興社のあったことが、わたしにはなんだか気強かった。

精興社でわたしは、ドアを入るとすぐの、ちいさな事務所に、くらいデスクを与えられて、進行係の仕事をさせられた。

巌松堂から出していた〝むらさき〟という月刊誌だの、岩波でない、ちいさい出版社の単行本などを担当した。

進行表という大きなメモがあって、AならAという書名の、1ページから16ページまでの初校はきのうこっちへ返ってきて、その再校はなん日に出校する、といった風な、印刷の進行を担当する係である。

ひまが出来ると、たくさん、おなじ字の印刷してある紙の、一字一字とにらめッこをして、悪い活字をみつけてははねるということも仕事のひとつだった。

そういう活字をメッといっていたが、なんでもないようでいて、どこか滅《めっ》になっている出来そこないの活字をみつけては、精興社はうるさく社内で整理していた。そんな活字には✓というサインをして、はねた。

わたしが、自分の著書を出して貰えるようになって、校正でうるさくを出すのは、このの習性といってもいい。

社長の白井さんは、そういう神経のとくにするどいひとで、ある時、岩波文庫の、書名はうっかり忘れたが、泉鏡花の星ひとつのものだったから、当時20銭の本である、その、あるページが、どういうわけだか、よごれの目立ったページが出来た。

社にある限りの、その本の、そのページをしらべたら、だいたい、みんなおなじだった。その時の白井さんの怒りは凄かった。どこでもそうだが、こともあろうに、岩波さんの仕事に対してなにごとであるか、というのである。

もう、夕方で、そろそろ、くらくなりはじめていたが、事務所にい合わせた社員が総動員で、東京に散らばったその岩波文庫をぜんぶ買い占めることが命令された。

ぜんぶがぜんぶ岩波へいってはいなかったようで、なん部かは、しかし、もう書店に配本されていたから、それを、ぜんぶ買い集めてこいという命令である。

自転車がぜんぶ動員され、あとの者は歩いて、その一冊の泉鏡花の文庫本をたずねて、東京中の書店に散らかっていった。

これは、たしか、一日や二日ではすまなかったと思う。そして買い集められてきたその岩波文庫は、一冊残らず、精興社の裁断機に掛けられて、まッ二つになった。

社長は白井赫太郎といった。恋女房の奥さんと二人で、非常な努力家で成功したひとだったが、わたしはこの時は心から感動した。

精興社という名を大事にしたのである。

わたしは、あんまり、商人といった風なひとにはつきあいがなかったので、世の中には、立派な商人《あきんど》というものもいるものだな、と感心した。

そしてすぐ、明治生まれの人間の根性だなと思い、さらにまた、わたしにはそれが神田の商人という強烈な印象を残して、いまもそれがつづいている。

精興社には、あれで一年ぐらいは働かせてもらったであろうか。

社長の許しを得て、精興社にいるあいだから、わたしは都新聞に、文楽座だの、東宝名人会だの、落語研究会だのの批評を自分の署名入りで載せてもらっていたので、それが入社試験のかわりみたいになって、わたしの好きだった都新聞の演芸記者になって、精興社を去った。

この間、ある座談会を終って如水会館を出たら、秋の夜空に、大きな〝印刷精興社〟というあたらしいビルのネオンを、まッ正面にみつけて、わたしはしばらくなつかしさに立ちつくした。

神田の寄席

古い手紙が出てきた。

亡き正岡容《いるる》の、あの特異な書体で、消し印をみたら、昭和十六年の八月だから、ざっと、二十年あまり昔の手紙である。

こんなことが書いてある。


昨夜、神田花月へ――

三笑亭の「大工調《だいくしら》べ」をきく。一昨秋の「居残り」以来の、水際立った出来。因業《いんごう》な大家《おおや》、じつによく表現され、最初にあやまってゐる間の、棟梁のからだの線、またいかにもその人らしく、アトの啖呵《たんか》もスッキリと。

久々で江戸市井の風景をかんじました。うれしくて御報告まで。（ルビはぼく）

そのあと、もう少し、あって……

大正十四年、岩佐東一郎と季刊してゐた「開花草紙」寄席号に、偶々《たま》、木村荘八画伯が、可楽を描いてゐるのを発見。そのうち、その部分、抄写し、お目にかけます

と、ある。

神田の花月という寄席、わたしはあんまりいかなかったけど、戦争のさい中、志ん生が正岡さんとの〝円朝〟だの、それに、たしか〝膝栗毛の出来るまで〟なんかもやった寄席である。〝円朝〟はわたしもきいて、戦争で、いやにちぢこまっている最中だったので、そんな時、円朝にいどんだ志ん生の意気に感動して、そんな批評を、わたしは勤めさきの都新聞に書いたことをおぼえている。

手紙のあとの方に出てくる岩佐東一郎氏は、とんち教室なんかでもおなじみの、生粋の東京の詩人である。ついせんだって、この三月のはじめに会をやるから、発起人になれという葉書をもらったので、なんの会だと思ったら、還暦だという。ちょっとびっくりした。

神田の花月、といったって、もう忘れてしまったり、知らないひとも多いようだ。わたしは神田の寄席というと、なんといっても通新石町《とおりしんこくちょう》の立花《たちばな》亭が忘れられない。戦後、松内則三氏が経営したが、矢折れ、刀つきてやめた。

その前、とっくの昔にやめてしまった白梅亭《はくばい》とともに、寄席の檜舞台であった。

わたしは落語研究会の第二次の例会が、毎月神田の立花亭で開かれるようになってからは、ほとんど欠かさず、まるで築地小劇場へ、外国の近代劇をみに通うときとおなじような、真剣な心構えで、研究会へ通った。

当時、芸の世界で、研究会といえば落語研究会のことだと、すぐわかるほど、それほど権威のある会だった。わたしは、その第二次の研究会からきいた。

第二次の落語研究会は昭和三年から、たしか十八年ごろまでつづいたと思う。

昭和のはじめというと、死んだ四代目の柳家小さん、五代目三遊亭円生、このあいだ死んだ可楽の、もうひとつ前だから七代目の三笑亭可楽が、わたしには最高に魅力のあった頃で、それにいまの文楽がめきめきと芸のつやを増して、華やかな芸をきかせた時代である。

研究会は月にいちど、あれ、第三日曜ではなかったたか、昼席であった。

わたしは講釈の席へはあんまりなじみを持たなかったので、ひるまの寄席の味というものを知らなかった。

それに研究会は、むろん、出ばやしなんてものを使わずに、みんな黒の紋服を着て出てきて、そんな高座の空気にも夜の寄席とはまるで違った、すがすがしい芸の気合いというようなものがあって、快かった。

それに研究会の同人の落語家《はなしか》たちは、ぜんぶで、十なん人という数で、高座数はたしか八つぐらいだったから、なんか月目かに出演順がまわってくるという同人もあった。

これという、まっとうな落語家でないと、研究会の同人には入れてもらえなかった。また、夜席《よせき》の高座のつもりでしゃべったのでは、研究会の客はうけつけなかった。だから、同人に推されたにしても、よッぽどの覚悟がないことには、研究会の高座には上れなかった。

かみしめると、いい芸を持っているのに、高座に上ってくるが早いか、客の胸倉《むなぐら》をとって、えいッとばかりに叩きつけるような、そんなころにも、そういう芸人が多かったのだが、そういう寄席の中で木綿の味のように、渋く、手堅い可楽なんかは、寄席でまったく人気がないのに、研究会ではいつでも小じっかりした人気があった。

寄席も、下町の商家の旦那さまだの、大学の先生だの、それから制服を着たり、わたしのようにかすりの着物を着た大学生なんかが点点と客席に散らかっていた。

客席を入ると、高座に向って、左側の一隅に、青竹をめぐらし、中に、緋の毛氈を敷いたコーナーがあった。新聞の演芸記者だの、作家だの、劇評家などを招待する席である。

長谷川伸、岡鬼太郎、久保田万太郎、吉井勇などの顔がみえた。

お茶の水界隈

一週にいちど、駒込病院の山本先生のところへ通うようになって、もう、なん年になるか。そういうこと、すぐ、忘れちゃう男だが、たしか、四年になるだろう。花柳章太郎の紹介である。

やり方から、薬に至るまで、ぜんぶ、ころッと変って、わたしも、ちゃんと先生のいうことをきいたけど、うそのようによくなった。ケチアチ（血圧）とトーニュー（糖尿）という難病である。

夏がいつもいけないのだが、ことしなんか、けろッとしている。まったく、うそのようだ。

少し、くたびれたので、注射を打っていただいた娘と二人、ひどく、きげんよく病院を出た。

娘はその足で、築地の喜《き》ん楽《らく》さんへお習字の稽古にいく日だが、まだ、少し早いらしい。わたしとは、病院の前で、右と左へ別れるつもりだったが、わたしも、うちへ帰るのに、そんなに急ぐこともない。

二人で、どうしよう、といってるうちに、お茶の水行のバスがきた。肴町から東大の前を通って、本郷三丁目、それから順天堂の横を通るという道筋の好きなバスだが、いつも、なかなかきてくれない。

あわてて、それへ乗ってから、お茶の水で降りて、あそこでお茶でものもうと相談が出来た。

神田というところ、それぞれの一画が、みんな、べつの持ち味があって好きである。

万世橋から秋葉《あきは》へかけては電気器具、うちで、いちばん、あすこで買うのは録音用のテープである。

須田町界隈では服地。このごろ、時間がなくなったのでいかなくなったけど、わたしは、ずいぶん、長いあいだ、あすこの生地屋さんの世話になった。品物の豊富な魅力である。アチラものはむろんのこと、まず、たいていの生地が揃っている。

藪蕎麦の、いせ源だのの、あのあたりも、もう、東京では貴重な路地である。

神保町を中心とする古書店街とは、思えば四十余年のなじみである。その、おなじ古書店街でも、専修大学前から神保町までの店と、神保町から駿河台下までの店、さらに神保町から水道橋までの店、駿河台周辺の店とは、妙に、扱っている本が違っているからおもしろい。

つまり、おなじ神田の古本屋さんといっても、その区画、区画で店の味がちがうのである。

神田というところ、そんな風に、そこへいけば、そのそれぞれの専門店がかたまっているという、この町づくりはすばらしい魅力である。

わたしは、そんな神田が、みんなごひいきなのだが、このごろ、あたらしく好きになった一画が出来た。お茶の水である。

お茶の水橋から聖橋までの、つまり、あの、長いお茶の水駅の、ちょおど、頭の上にあたる駿河台寄りの片側である
わたしは、その向うッ側の医科歯科大学の椅子に掛けて、駅の上の、そのさまざまな店の、うしろッ側にひどく興味を持った。ヒチコックの〝裏窓〟のような興味である。

その歯医者さんの椅子に掛けてみるそのアングルは、文字通りの、裏窓であった。

喫茶店らしい窓の中では、アベックが、長い長いあいだ、まったくおなじポーズで向いあっていたり、そのとなりの支那料理らしい窓の中では、さっきから、下を向いていつまでもなにかたべているのがいたり、そのまたとなりの屋根裏のような、ちッぽけな部屋では、しきりに、なんか説明をつづけている男がいたりした。

さすがに、たべたり、のんだりの店が多く、わたしは歯の治療のあいまあいまに、窓からみえる遠い向う側の窓をみながら、こんどひとつ、お茶の水橋から聖橋のあいだの、それらの店へ、片ッぱしから入ってみようと思ったりした。

そんな店の中で、いちばん、わたしに興味があったのは、レモンという喫茶店である。

階下《した》では、画材を売っていて、入口のところに、いつもレモンを置いて、これも売っている。下でも、窓側にはテーブルがあるけど、聖堂あたりの向う側をみる目線は、二階の窓側の方がぜったいにいい。

いつも学生でいっぱいである。とても、ひとりで入る勇気はないが、ときどき、娘と出掛ける。そんな学生の中で、だまって、コーヒーなんかのんでいると、目の前に、娘のいるのを忘れて、わたしもついこのあいだまで学生だったような気がしてきて、ちょッぴり、こころ若やぐのである。

その日はあいにく、二階が満員だったので、下のいちばん隅ッこに掛けた。

少し、そこでやすんで、地下鉄へ乗るという娘とわかれた。

そうだ、たしかこの通りに、古本屋が一軒あッたッけ。

そこをのぞいて、それから聖橋の方から国電に乗ればいい。

妙な一画で、あそこ、スリッパをつくって売っている店なんかもある。
もう、一時ちかかった。古本屋さんは、学生で、ここもいっぱいであった。

聖橋のちかくで

少しばかり、あっちこっちの書棚をみているうちに、あ、そうだと思った。

さがしている本があったのを思いだしたのである。本は、始終、さがしちゃアいるが、そのときのさがしかたは、いつもと少しちがっていた。

いつもなら、誰の、なんという本、ときまっているのだが、その時は、べつに、誰のなんという本ではなく、誰が書いたのでもいいけど、八卦《はっけ》のことを書いた本が欲しかった。えらそうにいうと易書か。そういう、へんな本が欲しかった。

そろそろ、夏のはじまりかけに、NHKから浄るりの掛合いで、三十分の新作を書けといわれた。ラジオで芸術祭に出すというのである。向うさんに、すでにだいたいのプランが出来ていて、江戸の町辻に出ている易者を主人公にして、常磐津《ときわず》と清元《きよもと》の掛合いだというのである。

アイディアがおもしろいので、受け合った。

書庫へ入って、それらしきところをさがしたが、易の本がない。加持祈禱秘密大全だの、神通術奥儀伝、誰にも出来るまじない秘法だの、陰陽霊示謹解だの、憑きもの持ち迷信だのと、だんだん、あやしげなことになるから、もう書かないけど、そんな本を神田のぞッき本屋から買ってきているのだが、さて、かんじんなうらないの本がない。そのことを思いだして、だんだん、それらしい本のある棚の方に移っていった。

御茶ノ水の、聖橋《ひじりばし》の方の、あの東口から、御茶ノ水橋口の駅にかけての、あの通り、学生のいる時間は、ちょっとびっくりするくらい、意外に人通りが多い。

そんな通りにちかい棚の、その下の方の段に、うらないの本が三、四冊並んでいた。みんな、いかにもやぼッたい、古めかしい造本で、値段をみて、へええッ、うらないの本ッて、なかなか高いンだなと思った。

浄るりの中に使うのだから、なにも、それほどしちむずかしいうらないの本でない方がいい。なかなか、そんなのはあるまいけれど、なんかこう、おもしろ、おかしそうに、八卦のことを書いてある……などと、そんなことを思いながら、厚ぼッたくッて、ちょおど、講談社の講談全集によく感じの似たのを、手にとってみた。

書名が開運三世相大集成、上に、芝居の角書《つのがき》のように、二行で、伝家の重宝とある。背には著者の名がなくなって、あけたら、扉に、神鞭呑洲著とあった。神鞭呑洲なんて、名も、悪くない。

目次をみると、まず周易《しゅうえき》とあって、占筮《せんぜい》の方法、易の組織、卦の説明、つまり、乾為天《けんいてん》とはどういうことだとか、水雷屯《すいらいじゅん》と出ればこんなことだとかいう説明があって、ひとつひとつに、なかなかおもしろいエピソードを入れながら、〝願望《がんもう》、急には調《ととの》い難《がた》し、待人《まちびと》、障りあつて来たらず〟などとある。

あとにまだ、人相、眼、眉、鼻、口と唇、耳、その他、手相から家相、男女の相性、夢判断という風に、なるほど大集成だ。発行所がまた国民教育普及会というのだから、どこからどこまで、善男善女の読みそうな本である。昭和七年十一月の発行で、定価金三円五十銭だが、とくにゴシックで、特価二円八十銭とあるところなどは、隅田川ののぼりくだりに、一銭蒸気の中で売っていた本を思いだしたりして、うれしくなった。

古書の売り値は千二百円とある。めったにそんなこと考えない男だが、ははア一ページ一円という勘定か、と思った。

これくださいい、そういって、奥の勘定台のところに本を置いて、ズボンのうしろのポケットからドル入れを出した。と、百円玉が二つと、あと、十円玉が三つばかりしか入っていない。

このごろ、わたしは、こどもと一緒の時には、どこへいっても、金を出す一回ごとに、ドル入れをこどもに渡して、払わせるので、あと、いくら入っているのか、わからないことが多い。いきのタクシー代と、駒込の病院と、バスと、レモンでお茶をのんで、それで、あと、それッぱかりしか残っていないのだから、たぶん、はじめから少かったとみえる。

しまったと思い、しかし、その本をあきらめて返す気にはぜったいになれず、とたんに、少し自分で、顔の赤くなったのがわかったけど、正直に、二百いくらしか、金がないけど、といった。

おやじさんは、それを聞きながら、黙々とその本を紙に包んでいたが、わたしが、住所、姓名を書き残していこうとしたら、よござんす、そんなこと、といった。名なんか書かないでもいいということなのである。

病院にいくときは、いつでも、ふだんのままの、ひどく、ぞんざいなかッこで出掛けるのだが、おやじさん、むろん、わたしのことなんか、どこの馬の骨だかぜんぜん知らないで、それでそういったのである。うれしかった。そういうことが、本をみつけたことよりも、もっとうれしかった。

自分でとどけにいきたかったが、どうにも時間がなくって、三日目に、娘にとどけさした。

ＮＨＫの放送日は〝易行燈《えきあんどん》〟という題で、十一月六日の夜の十時半からに決まった。あの古本屋のおじさんは、夜おそいので、たぶん、聞いてはくれないだろう。

妓に燃ゆごとし

牛ガ淵、というところ、いま、代官町《だいかんちょう》に日本武道館のみごとな大屋根ができて、すっかり、あのあたりのけしきを変えてしまったが、ひッそりと、へんに、古風なところであった。

四代・広重の労作〝絵本風俗往来〟(青蛙房・版)をみると、高い石垣に、たくさんの松の木がならんでいて、向うに、ちらッと、白壁の城づくりの構えがみえる。

絵の手まえの方に、髷《まげ》をのッけた小僧が四人、そろって左の方をみている。〝小僧金の使い〟行を改めて〝うしがふちの辺〟と、説明書きがある。

麻紐《あさひも》を長くつけて、それぞれのうちの名を書いた革財布に金を入れたのを肩にのせて、使いに出て、露店や、絵草紙屋や、手品や、かごぬけなんかの見世ものをひやかしては、牛ガ淵へくると、通るひとも少いので、重い財布をくさむらの中にほうりだして遊んだという。

生き馬の目をぬく江戸にも、かかることのありしは、怪しむべきことにこそ、と、広重はそう書いている。そのあとの、明治七年ごろの写真をみても、ひどく、さびしそうなけしきである。牛ガ淵というい われは、昔、金をたくさんにのせた牛車が、この淵に落ちて、そのまま上らなかったから、そういわれたのだそうだが、さて、いかがなものであろうか。

〝懸崖《けんがい》の下水《もとすい》色常《しょく》に碧《みど》りにして。自《おの》ら物凄く。千鳥《ちどり》か淵《ふち》の余水《よすい》。石槽《せきそう》に沿ふて此の淵に灌《そそ》き滔滔《とうとう》として四時《しじ》雪を噴《ふ》けり。〟と、明治三十一年の〝東京名所図会〟には書いてある。

わたしが神田の東京中学の二年の時に、この牛ガ淵を舞台に、たった二人で、十一人のヨタモノと大げんかをしたのは、考えてみると、大震災のあった大正十二年の春のことだから、この、千鳥ガ淵の余り水が、石垣にそって流れこんで、その水の勢いは、いつでも雪が散るようにみえる、というのはよくわかる。たしかに、いつでも、水の色が、青く、じッとしていた。いまのちょおど九段会館の横の裏手にあたる場所に、ちいさなガス・タンクのようなものがあった。

わたしは浅草生まれの下町ッ子なので、江戸の頃の小僧とおなじように、牛ガ淵のけしきが、田舎じみていて、めずらしくって、学校の終ったあと、よく、そこの土手に腰を掛けては、長いあいだ遊んだ。

つれは北村という、すごく背の高い、ひょろッとしたクラス・メートである。二人とも、落第して、机をならべた。北村は、わたしとおなじで、やっぱり数学がまるッきりだめだったが、そのかわり、俳句なんか、ひどくうまかった。

春風《はるかぜ》や妓《ぎ》に燃《も》ゆごとし口《くち》の紅《べに》、などという句を、旧制中学の二年で、けろッとした顔をして作った。いったい、いつ、妓なんかみたのだろうと、ふしぎに思ったのをおぼえている。茶甲《さこう》という号を持っていた。癪なので、わたしは雨後《うご》亭と号したが、わたしはただそれだけのことで、句らしい句はつくれなかった。

この茶甲先生と、雨後亭の二人が、カバンを投げだして、牛ガ淵の土手の、青草の上で、春の日、とか、麗《うらら》か、とか、桜、とか、しきりに句作にふけっている時に、いつのまにか、その背後にヨタモノがせまった。

みると、神保町界隈を、短い釣鐘《つりがね》マントを着て、帽子の中にアンコを山のように入れて、いつでも大勢でのし歩いているヨタモノたちである。東京中学の、つい、すぐそばの、おなじような中学の生徒たちである。それまでにも、ガンをつけやアがったな、などといんねんをつけられて、一、二回、三省堂の通りなどで、小ぜりあいのあった顔が、点々とみえる。

きやアがったな、と思った。振り向いたまま、急いで、人数をかぞえたら、十三人、いた。

コッちは二人だ。

わたしは、小学校の一年のときに、その時分、たいへんめずらしかったクループ氏性の肺炎をわずらったために、肺活量の働きが、普通のひとの半分も怪しいのである。

だから、相撲を取っても、喧嘩をしても、はじめに、手ッとりばやく、ぱッぱッ、と、やって、勝負がつくような時ならたいていい勝てたが、それがへたに長びくと、いきぎれがして、負けちゃうのである。

これア、やられるかな、と思ったら、北村が、長いからだをぬうッと起して、両足を大きく開いて構えると、こんなことをいった。

「なにをやらるるのですか」

ゆっくりと、きわめてまぬけに聞えた。むろん、わざとである。そのいいかたがまた、いかにも相手を呑んでいるように聞えて、向うの機先を制するのに役立った。なにしろ、十四か、五で、妓に燃ゆごとし口の紅、というくらいの男である。

ゆっくりと、わたしも、北村とおなじように立った。

わたしたちの位置が、土手の下の方になるわけで、どうも、このままだと、喧嘩にはひどく不利である。

こどもの時分から、芝居だの、寄席だの、活動写真なんかでおぼえているので、わたしは啖呵を切るのがうまかった。はずかしいから書かないけど、わたしはゆっくりと啖呵を切りながら、じりじりと、わたしたち二人の位置を変えることにつとめた。

と、どういうわけだか、その中から二人だけ、いまにも逃げだすようなかッこをした。しかし、二人、逃げたところで、二対十一である。

しんとして、ほかには、人ッ子ひとり、みえなかった。

神田びと

東京で、えらいひとになって、昔なら、ひげをはやすところだが、まさか、年がいもなく、カストロひげでもあるまい、と、そのかわり、メガネぐらいはかけるだろう。

そんなのが、生まれた国へ帰ると、こどもの時分、ふりちんで泳いだ小川のほとりに、栗の木が、まだ残っているといっては、ひどく喜ぶ。

栗の木が一本残っているのが、うれしいといったような男が、さて、東京のこととなると、そういう情愛は、これッぱかりもなくなってしまって、川という川はみんな埋めちゃう。不忍池《しのばずのいけ》なんか、水にしておくのはもったいないから、野球場にしてはどうかね？　と、いってみたり、隅田川の両岸にコンクリートの塀を立てちまったり、日本橋のまんまん中に、高速道路のフタをしちまったり、こんどはとうとう、住居表示に関する法律、と、おいでなすって、日本中から、町の名が消されて、ホテルなみの表示になる。

「神田はなに区だッけな？」

いつも、そんなことをいっては、あとで、サゲをつけちゃア、笑わせる男である。神田の、ある大学で、フランス語を教えているともだちである。また、はじめやがった、と思ったが、わざと、まともに受けて、

「神田は千代田区にきまってらアな」

そういったら、その髪の長い男は、一層、深刻な顔をして、

「それがね、さいきんの住居表示という、それ、例の名代なる天下の悪法でね、それが千代田区のほかにも、神田が出来たのだから、おどろく」

うっかり、のっかかって、

「そうかい？　千代田区のほかに、神田があるのか？」

一層、ひどく、まじめな顔つきで、

「それがね、千代田区外、神田ッていうだろ？」

といって、おとされた。

千代田区外神田《そとかんだ》、というやつである。

もしかすると、落語の好きな、青果市場《やっちゃば》の、いせいのいいあんちゃんのつくった話かも知れない。

亀住町、元佐久間町、栄町、松富町、山本町、田代町、練塀町、相生《あいおい》町、花田町、花岡町、佐久間町の一丁目、花房町、仲町の一、二丁目、旅籠町一、二、三丁目、金沢町、松住町、台所町、宮本町、同朋町《どうぼうちょう》、五軒町、末広町か。

これがいッぺんに消えてなくなって、ぜんぶ外神田になった。一丁目から六丁目である。神田川を境にして、町の名の上に、神田を名乗っていた一帯を、内と外に分けたわけである。

魚住町というと、明治二十三年、美濃部孝蔵の生まれた町である。美濃部孝蔵でわからなければ、古今亭志ん生といった方が、わかりがいいようだ。あの志ん生が、やっぱり、生まれたときには、おぎゃア、などといったと思うと、へんにおかしくなる。それが亀住町である。

明治のはじめにも、それこそ、ひげをはやして、えへんぷいぷいといっていばっていた、田舎のひとが、大ぜい、よってたかって、江戸から東京になって、まだほやほやの東京の町名を、ちょうど、いまとおなじように、片ッぱしから変えていったものである。

それまでは、江戸で、六軒町、柳原大門町、上野町代地《だいち》などといっていたところを、ひとつに合併して、亀住町と改めた。秋葉原の駅の構内に入っているのではないか。とくに、いまさら古今亭志ん生誕生の地、などと、そんなへんなものなんか、立てない方がいい。

練塀町という町名も、江戸からあったのではなくって、やっぱり、明治五年にそうとなえるようになった。それまでは、下谷の練塀小路《ねりべいこうじ》で通っていた。

武家地で、元禄のころまで、そこに溝口信濃守《しなののかみ》の屋敷があって、ぐるッと練塀でかこわれていたから、そういう通り名になったのだそうだ。

悪に強きゃア善にもと、世のたとえにもいう通り、と、胸のすくようなたんかを切るお数寄《すき》屋坊主《やぼうず》の河内山宗俊《こうちやまそうしゅん》を、この練塀小路に住まわせるという設定をした黙阿弥という作者は、それだけでも、たいした腕のひとだと感心する。

江戸のころ、じっさいに生きていて、神田に住んでいたひと、また、小説や芝居で、神田のひと、そういうひとが、いっぱい、神田にいるだけに、古い町名のなくなったことが、ひどく、こたえるのである。

神田ッ子

清元の〈神田祭〉で、

祭のなア　派手な若い衆が勇みにいさみ　身姿《みなり》を揃えて　やれ囃《はや》せそれはやせ　花山車手古舞　警護に行列

などという節《ふし》をきいていると、江戸のころの神田ッ子というものが、なんだかみえるようで、ぞくぞくしてくる。

ぞくぞくしてくるというのは、清元のそこの節をきいていると、神田ッ子というものが、いかにいなせで、伝法《でんぽう》で、胸のすくような、さッくりとした男たちだったか、ということが、ぞくぞくするほど、きいていて、うれしくなッちゃうのである。

いなせ、ということばも、伝法、ということばも、あんまりこのごろお目にかからないようだから、ほんの少し説明すると、いなせというのは、粋で、ただそれだけではなくって、さらに勇み肌でなくッちゃならない。むろん、東京語以前の、江戸語である。

粋ッてなんだ？　勇み肌というのはどういうことか、といわれちゃうと、そうなるとキリがなくなるから、よす。

伝法というのは、字引をみると、でんぽうという仏語もあって、それから、見世物だの、芝居なんかに、こわい顔をして、無料《ただ》で入る奴のことだと書いてある。その意味から、悪ずれのした、粗野で、荒あらしい野郎という意味が書いてあるが、江戸時代には、伝法ということばは、たしかに、そういう意味でつかわれているようだ。

ところが、明治から、大正になると、この伝法という語感は、もう少しいい意味につかわれるようになってきて、伝法肌などというと、自分が苦しくっても、たのまれると、あいよ、といって、ひとを助けたりする、そんな気ッぷのことも、いうようになってきている。

わたしは、自分が、ひとさまから、江戸ッ子、などといわれるのは、ひどく、はずかしく、きらいな男だが、しかし、江戸ッ子は好きだ。その江戸ッ子ということばから、すぐ、そのまま、ストレイトにくるのが神田ッ子である。

いつのまにか、神田ッ子というものが、江戸ッ子の代表といった感じに、ちいさいときから、頭にこびりついたものとみえる。

文壇の関係で、神田ッ子というと、わたしはすぐ永井龍男氏を思い出す。猿楽町の生まれである。それから横綱審議会の高橋義孝氏か。やっぱり、永井さんとおなじか、ちかくの町だったと思う。丸岡明氏が、神保町。

ちょっと、思いがけないのは〈銀の匙〉の中勘助氏が、東松下町で生まれていることである。

神田ッ子ということばで、わたしに、すぐ、思いだされるのは、榎本の釜さんである。榎本武揚《えのもとぶよう》といえば、すぐにわかるけれども、釜さんというと、ちょいとひッかかる。しかし、わたしは榎本武揚なんていうより、榎本の釜さんといった方が、いかにも神田ッ子らしくって、好きである。

わたしの書いた〈雪の日の円朝〉という芝居をみて下すったあと、小泉信三氏にお逢いしたら、先生はわたしに、幕臣というひとたちは、いいな、といわれたことがある。その芝居に、山岡鉄舟と、高橋泥舟が出てくるので、先生は、そのふたりのことで、そういわれたらしい。

釜さんも、小泉先生のいわれた、男ッ惚《ぽ》れのする幕臣のひとりである。釜さん、などと、いやに親しげにいうが、釜次郎である。天保七年の夏、神田の和泉町で生まれて、和泉守《いずみのかみ》に叙せられている。

海軍奉行を勤めて、御維新のときには、函館の五稜郭にこもって、官軍に抵抗したが、負けて、そのあと、罪を許されて農商務大臣だの、いろいろ明治政府の大事なポジションになって、軍事、外交に、さまざまな功績があった。

七十三歳で、明治四十一年の秋に死んでいるが、幕末から、明治開化のはげしい時代のうつりかわりを、そのまま象徴しているかのような、まことに興味深い人物だ。

釜さんのことをみていると、なるほど、これが神田ッ子なんだ、江戸ッ子ってものは、こういうひとのことをいうのだな、と思う。

ひとつのことに、ぐじゃぐじゃと、ねつく、執着するということがない。ということは、つまり、まことに淡淡と、さらッとしているということである。

したがって、黒から白に、白から黒に、がらッと、つまり、極端から極端にかわりやすいということでもある。その当時はやりの、薩摩とか、長州の人間だったら、むろん、五稜郭で死んでいて、そのあと、長い、あの働きはなかったことになる。

これを裏返しにいうと、あきッぽいとか、いろいろ出てくるが、釜さんの場合には、その悪口が出ない。まったく、五月晴れの空のような、あのすがすがしい人柄のためだと思われる。

開化楼

是より階下に降れば、金の間、銀の間、花の間等の座敷あり。本楼には六坪の風呂場を設け、随時客の沐浴することを得れば、春の花、夏の風、秋の月、冬の雪、倶に行きて鯨飲奢食すべし。

と、開化楼の、案内の文章を結んでいる。

わたしは、こどもの頃、親戚に祝いごとがあったり、法事なんかがあると、よく、ここへやってきたが、少し、ものごころがついてからは、しばらく、途だえ、それから、戦争の前後は、まるっきり、こなくなってしまって、それから、また、とんで、このごろ、たまにやってくると、なんとも、たまらないなつかしさで、いっぱいになる。

東京の中の、古い古い、そういう店というものが、なんとも、少くなってしまって、開化楼なんてうちが、いま、昔ながらの、おなじところに、あるということが、考えると、ふしぎなのである。

そういえば、親たちに、連れていってもらった、東京のたべものやで、いったい、いま、どこが残っているだろうか。

ひょいと、かぞえて、銀座だと、千疋屋、資生堂、竹葉、煉瓦亭、天国《てんくに》、天金《てんきん》、新橋の小川軒、そんな店へは、わたしは、父親か、母の、どっちかに連れられて、はじめていっている。洋は、母で、和の方が、おやじであった。

連雀町の藪、神田川、浅草だと、幸寿司、中清《なかせい》、大阪屋、ちんや、駒形のどぜう、根岸の笹の雪、上野は精養軒、本郷で江知勝、神楽坂は田原屋、それと永坂の更科か。

こんなところが、こどもの時に、親たちに連れていかれた店で、いまも、残っているうちであろうか。

その後、場所のかわったうちもあって、それだと、もう、だめである。

生まれ故郷の、浅草の周辺で、とっくに、なくなった店で、すぐ、思い出せるのは、宇治の里、松邑《まつむら》、みやこ、浅草橋の今清《いませい》なんかだが、みんな、その意味で、なつかしい。

あんなに、はやった店が、と、思われる店が、あるいは、あんなに、いい店が、と、思われる店が、ひょいとなくなったり、いつのまにか、なくなっていたり、そんな時、べつに、知り合いでもなんでもなくって、それでいて、遠い昔から、その店へいきつけの、古いなじみであるところから、その店にからんでの、あの時分、この時分の、自分のことや、家族のいろいろなことなんかも、あれ、これ、思い出されて、そッと、愛惜したりするのである。

そんなことも、なんだか、東京ッ子らしい感情のあらわれだと思うけれど、いきつけの、古いなじみの店が、いつも、変らず、盛っているのをみるのは、こころ、たのしい。

そんな、東京の、古い店の中で、わたしのこどもの頃のことを、よびさましてくれる一軒が、開化楼ということになる。

わたしたちは、ただしく、開化楼とはいわずに、楼抜きの、開花、あるいは、明神の開花などといっていた。

もう、一昨年のことになる。NHKの〈東京落語会〉の年忘れが開花であって、とっぷりと、くらくなった神田明神に、まず、おまいりをした。

ひとりだと思って、社殿にちかづいたら、若いアベックが、あわてて、立ち去った。まっくらな社前を、あきらかに、汚し奉っていた、そういう、いやな、あの、あわてかたであった。

明神さまへ、おまいりをすることだって、年に、いちどか、二どである。わたしは、そんなことを気にしないようにして、大きな柏手を打って、大事におがんだ。

それから、男坂を降りようとしたら、パトロールがやってきた。いまのことを話して、ついでに、少し、くらすぎますね、と、いった。おまわりさんは、どこを歩いても、そんなのばかりで、困ります、といった。

開花では、若い、きれいなおかみさんが、寒いのに、外に立っていて、会釈した。入ると、おばあちゃんが、すぐ、出てきて、ことしも、また、逢えましたね、と、いうふうなことをいってくれた。

開花では、この、明治二十年生れの、おばあちゃんのことを、大きいおかみさん、なんてことも、誰もいわずに、いまでも、おかみさんで通している。

わたしは、このおかみさんの、兄貴の、坂本猿冠者《さるかじゃ》というひとに、なんだか、明治、そののののような味を感じていて、晩年の猿冠者さんとは、なんだか、ともだちのような口をきかしてもらったりして、うれしかったことをおぼえている。

その、猿冠者の息子の、朝ちゃんが、NHKのえらいひとになっていて、朝ちゃんとも、わたしは知り合いである。

そんな、おとうさんと、息子の二代に、逢うと、季節のかわりめの挨拶なんか、淡淡と、さりげなく、しかも、したしくしゃべれたりすることも、なんだか、東京らしいつきあいのようで、わたしにはまた、うれしいのである。

この、おかみさん、逢うたびに、猿冠者が、女形になったように、よく似てくるので、それをいうと、あらやだ、羽左衛門に似てるッていわれたら、うれしいンですけどねえ、と、いつも、そういう。羽左衛門は、むろん、十五代目の、あの橘屋である。

そんなことで、笑って、そのまんまの顔で、座敷に入っていくと、もう、文楽、円生などというひとが、ちん、と、すわっていた。

いま、明神さまで、出ッくわした話をしたら、ひとつ、肩をゆすって、

「ふ、うまいとこをみましたな」

と、円生が、ひどく、いたずらッぽい顔をして、笑った。

神田の小唄

1

神田明神の境内に〈小唄塚〉というのがある。

吉田草紙庵《そうしあん》の功績をたたえた塚である。

代々の左官《しやかん》で、草紙庵は、日本橋の浪花町で生まれている。本名は、吉田金太郎。

草紙庵というのは、裏千家の藤谷宗仁から受けた茶道の方の名だったというが、いい名である。

そのほかに、土休という名もあった。左官屋が、ほかの道楽の、よそ道をたしなむのだから、土休にちがいない。

ほかに、黙笑といったこともあるようだ。黙って、笑う、である。ちょっと、きざだ。

小唄を、三百ちかくも、作曲した。みんなというわけにはいかないが、しかし、ほんとうに、いい曲も、かなり、たくさんにある。

ちいさい時に、長唄の松永鉄十郎の弟子になっているが、十六の時に清元を習った。初代の菊輔の弟子である。菊之輔という名をもらった。

自分の芸の、うまい、まずいがよくわかって、清元をやっているのがいやになって、それからはまた左官をやった。

左官には、なかなか、芸のりッぱなひとがいるとみえて、〈文楽〉の義太夫節の太夫で、六代目の竹本綱大夫《つなたゆう》というひとも、江戸ッ子の、左官であった。名人といわれたひとである。ちょうど、その頃が、土休か。左官の仕事をしながら、小唄の作曲をするようになった。まるで、せきを切った水が、ほとばしるかのように、たくさんの、すぐれた曲をつくった。

つきあいの範囲もひろく、その時分の、通人といわれるようなひとに、多く、交友があって、それも、草紙庵の名を高めることに役立っている。昭和二十一年に、七十二で死んだ。

そういう、小唄の世界での功績をたたえて、この小唄塚が建てられ、昭和三十年に、盛んな除幕式がおこなわれた。

発起人は、俳優の市川三升、のちの十代目・団十郎である。三升というひとは、根が、素人の出身だったので、芝居の方は、死ぬまで、素人ッけのぬけない、まずい役者だったけれど、趣味人というか、通人というか、そういう趣味生活の、深く、ゆたかなひとであった。だからそのつきあいのひとたちから、いまでも強い愛着を持たれて、思い出されるふしぎなひとである。その三升と、深川のうなぎやの主人で、これもやっぱり通人の宮川曼魚《みやがわまんぎょ》、それから歌沢だの、小唄の研究家であった英十三《はなぶさじゅうざ》というひとたちの発起であった。

小唄塚という字は、三升の揮毫で、それがまた絶筆となった。

神田のことをうたった小唄は、わりに、ちかごろの新作に多くあるけれど、この草紙庵の作詞したものに、〈しめろやれ〉という、三下り《さんさが》りの唄がある。

作詞は、英十三で、お祭佐七をうたった小唄である。

〽しめろやれ　恋の色糸ひと筋に　神田勢《きお》いの勇み肌　行く秋の　虫の音細る川端に
恨みは恋の秋潮や　染めた四ッ手の紅しぼり　照らす火《ほ》影《かげ》に読む文も　涙ににじむ薄墨
に　遠見の橋のかげ　おぼろ

という歌詞である。

三世・河竹新七が、歌舞伎座で、明治十一年の五月に、五代目・菊五郎のためにつくった〈江戸育お祭佐七〉の狂言をうたった小唄である。

神田祭の晩、蔦の佐七が、鎌倉河岸のお神酒所で、手打ちをすまして、塀端を帰ってくると、長襦袢一枚の姿で、柳橋芸者の小糸が、待合茶屋からとび出してくる。佐七は、小糸を連れて、自分のうちへ帰ってくる。佐七のうちは、連雀町である。

お祭佐七という芝居は、ちかごろ、しばらく出ないけれど、鎌倉河岸の神酒所といい、連雀町の佐七の家といい、ちょっととっても、いなせな、江戸の神田のにおいが、ぷんぷんしてくる。

佐七は連雀町の鳶の者で、去年の秋の祭に、その時分、八辻ケ原といっていた、いまの万世橋のところで、本郷の加賀家の供の者たちと、すごい喧嘩をしたところから、上に、お祭という字がつけられて、お祭佐七と呼ばれている。

小糸とは、深い恋仲だったが、根が単純な江戸ッ子気質《かたぎ》のために、小糸のこころをあやまって、佐七が、小糸を殺すのである。

殺しは、両国の河岸。

辻行燈のあかりで、佐七が、小糸の、長い手紙を読む一節は、いまでも、十五代目・市村羽左衛門の、なんとも、粋でいなせなポーズが忘れられない。

うたい出しの、しめろやれをきやりで出るのは、この狂言が神田祭を舞台にしていることと、小糸がまた、手古舞の姿で、花笠を背にした佐七と、まず、ラブ・シーンをみせるからである。

神田の小唄にはまた、〈きおい肌〉という本調子の曲がある。

〈きおい肌〉は、中西蝶二の作詞で、作曲は、三代目の清元梅吉である。

〽きおい肌だよ神田で育ちゃ　わけて祭りの伊達《だて》すがた　派手なようでもすっきりと
足並み揃えてねり出す花山車《だし》　オーヤンレ　ひけひけよい声かけて　そよが締めかけ中《なか》
綱《づな》ヨイヨイ　オーエンヤリョウ　伊達も喧嘩も江戸の花

小唄の文句ッていうもの、このごろ、それこそ、誰でもつくっているように思えるほど、なんでもないことのようになッちまったが、ほんとうはどうしてどうして、そんな、ちょろッかなものではない。

そんなこと、べつに、一生懸命考えたわけではないから、それをしらべていうわけではないけれど、小唄のひとつもつくろうというのは、そうざらに、なんでもなく、出来ようわけがない。

それ相当の教養があって、それ相当の遊びごころというか、しゃれッけとでもいうか、いわば、そういうこころの上のゆとりがあって、そして、小唄なんてものは、おのずから、すらッと生まれてくるものなのではあるまいか。

わたしなんかが愛し、わたしなんかが、時にうたう小唄なんてものは、みんな、そういう、生い立ちの、なんともさらッとした、粋な、うれしい小唄ばかりである。

新作の小唄というものが、へんに気取って、へんに乙《おつ》にすまして、そのくせ、ああでもない、こうでもないと、いじくり、ひんまわしている感じが、そっくり、そのまま、歌詞にのこった、そういう、もの欲しそうな小唄であることは残念である。

そこへいくと、おなじ新作でも、平岡吟舟、せいぜい、近くなっても、岡野知十あたりのものは、まことに、しゃれている。

この〈きおい肌〉なんかは、まだ、いい方で、さすがに、さんざ、歌詞をつくっている中西蝶二だけに、へんに、力んだり、気取ったりはしていない。

神田ッ子の、さっぱりとした、粋で、伝法で、いなッこい気っぷがさらッと、よく出ている。

中西蝶二というひと、明治八年に、高知で生まれているが、東大の国文科を卒業していて、すぐ、博文館に入ってから、間もなく、その時分の一流新聞であった万朝報に入社している。

そのあと、ラジオ新聞の編集局長をやったこともあった。ラジオ新聞というのは、NHKが愛宕山で放送をはじめた時分に出た新聞で、たしか、タブロイド版で、なんだか、グリーンのインクで、印刷してあったかと思う。わたしが、まだ、旧制の中学生の時分に出ていたラジオ専門の新聞で、考えてみると、それを追い越すだけの、大規模なラジオ新聞は、いままでにないようだ。

読売新聞の嘱託で、長唄協会の理事を長く勤めた。劇評を担当していて、舞踏や、三味線のための台本だの、歌詞なんかを、たくさんに書いている。井上正夫の当り狂言であった〈大尉の娘〉は、中西蝶二の傑作として、いまでもまだ上演されている。

大正十一年の六月、明治座で初演され、森田慎蔵という先生を井上、その娘の露子は花柳章太郎だったが、あとから水谷八重子の持ち役になって、〈大尉の娘〉は、一層、評判になった。昭和十二年に死んでいる。

いつも、ちゃんと羽織、袴をつけて、芝居歩きをしていたが、そういうスタイルの新聞記者の、ほとんど、さいごのひとであった。

〈きおい肌〉は、ごく、軽やかな、粋な節の小唄だが、作曲したひとが、三代目の梅吉、のちに、寿兵衛を名乗って死んだ、清元の三味線の名人だから、それはあたりまえな話である。

芸術院会員で、重要無形文化財の保持者に指定されていたこわいおじさんで、舞台で、いつも、まるで総監督かなんかのように、始終、ひたいにたてじわを寄せて、がんばっていたのを忘れられない。

作曲もうまいひとで、〈津山の月〉だの、〈お夏狂乱〉だの、〈峠の万歳〉だの、いまでも、始終、くり返し演奏されている名曲をつくっている。

この梅吉の一派には、太夫にいいのがいなくって、昔、川口松太郎氏が、太夫になってくれないか、と、梅吉にさそわれたのは、いまも、有名な話としてのっこっている。

川口さんは、たいへん粋な、好いたらしい江戸ッ子声だったそうで、太夫になってくれさせすれば、すぐ、自分のタテ浄瑠璃にしてみせる、と梅吉は力んだそうだが、川口さんは、ならずに、作家になった。

もし、そんなことにでもなっていたら、〈鶴八鶴次郎〉や、〈風流深川唄〉などというものは、この世に生まれてこなくなって、そのかわり、清元松太郎かなんか生まれていて、〽一年《ひととせ》をきようぞ祭りに当り年」とか、なんとか、そんな〈神田祭〉が聞かれたであろう。世の中って、まことにおもしろいものだ。

日本用達社

1

この、二代目の五姓田芳柳《ごせだほうりゅう》は、明治のはじめの内国勧業博覧会だの、明治美術会などに作品を出しているし、また、この神田パノラマ館の仕事のあとになるけれど、明治三十五年には、川村清雄たちと、トモエ会を創立している。明治初期の洋画家として、風景画だの、風俗画、歴史画などで、その時分の油絵の遠近法で描いたものが、のこっている。このひと、昭和十八年、かぞえで、八十歳の長寿を保って、死んでいる。

このあいだ、加藤謙一さんの〈少年倶楽部時代〉をみていたら、口絵に、加藤まさをや、伊藤彦造なんかにまじって、芳柳が〈桜にのこす忠義の詩〉という題で、児島高徳を描いているのをみて、なんとも、なつかしい思いをした。

もうひとり、神田パノラマ館の絵を描いた東城鉦太郎は、川村清雄の門下で、日清戦争の時、平壌の戦いをはじめ、たくさんの戦争画を描いて、さらに日露戦争でも、記録的戦争画をのこしている。江戸ッ子で、昭和四年、かぞえで、六十五歳で死んでいる。

蒙古襲来と日蓮聖人龍口《たつのくち》の法難というパノラマの絵を描くために、助手を連れて、それぞれ、現地に視察の旅をしたり、古書をひもといて、いまと昔の実景、実状を、あれこれ考えたパノラマだったから、〈恍として現況を目撃するの観あり〉と、記者は書いている。

そして神田パノラマ館主については、日清戦争に勝って、勝って兜の緒をしめよ、ということで、このパノラマをみせているのだといって〈その志や実に賛すべし〉と、結んでいる。

2

日本用達社というのが、錦町一丁目の十八番地にあった。

たしかに、用達社にちがいないのだけれど、いまの語感から考えると、用達社ということばが、もう、なんとなく、おかしい。

明治三十一年に、永島忠雄というひとが創立している。はじめは、日本用達社といったらしい。三十二年の春に、独立して、用達社と改めた。

業務目録をみると、じつに、なんとも、たいへん、範囲が広くって、まず、土木、建築の請負を致します、からはじまって、土地、建物の売買、その一切の取引はいうもおろかなことで、製図、それから、なんでも一切、委託販売、物品買継《かいつぎ》、とあって、突然、代金取立とあるから、三百代言みたいなことまで、うけ合ったものらしい。

事、いやしくもだ、社会百般に関する諸般の用達しをひと手に受け、いろいろな会社と特約して、懇篤誠実を旨とし、しかも、おどろくべき薄謝を以て業務を取り扱い、また、かたわら諸会社の、一切の用達しをも勤むるとのことなれば、と、さらに記者はいうのである、そして〈徒労《とろう》、贅費《ぜいひ》を慮《おもんぱか》るの人はすみやかに本社に託する方、便益なるべし〉とある。

このごろでも、こういうようなのが、ちょいちょい出来ているようだが、これがほんとうなら、なにも、会社なんかいらないようだ。なんだって、みんな、この日本用達社にたのんでしまえばいいようだ。

日本用達社――、なんとも、妙な会社があったものである。

こんな会社も、当然、神田以外には、なかったようだ。

但し、まもなく、消えてなくなったことであろう。しかし、これは、まったくの、わたしの憶測である。

3

三河町というと、綺堂の半七捕物帳の、半七のいたところだが、三河町の人夫、といって、たいへん、有名だったのを、もう、みんな忘れているようだ。

人夫の中では、いちばん、幅の利いたもので、江戸の頃から、名高く、少し大きな大名にいく人夫は、たいてい、三河町の人夫だったといわれる。

昔は、請負宿《うけおいやど》といい、明治には、労力者請負組合といった。そこへ、たのむよと声を掛ければ、すぐにも、人夫が間にあった。明治三十年代には、金山、田中、安田、藤本などというちが、古かったという。日清戦争の時には、大ぜい、戦争にくり出された人夫が、ほとんど、この三河町の人夫だったといわれている。

なんでもない日には、とむらいなんかにやとわれていていく人夫が多く、紺看板を着た者だの、そうかと思うと、烏帽子《えぼし》をつけた白丁《はくちょう》の姿なんかが多かったというから、朝、夕、三河町というところは、ちょっと、奇妙な空気がただよったことであろう。

3

昔・東京・うまいもの

上野　蓬萊屋

とんかつ好きな男で、ある時期、毎日でもよかったことがある。

さすがに、五十面《づら》をさげる時分から、毎日ということではなくなったが、そろそろ、こんどは、六十面をさげようというのに、いまでも、とんかつが好きなのである。

蓬萊屋《ほうらいや》のとんかつは、学生時分からたべているから、考えてみると、ずいぶん、古い。その時分、五十がらみの、おかみさんが揚げていた。

おやじさんにたずねたら、おふくろさんだという。ことし、九十歳とかで、いま、辻堂で、松風の音を聞いているらしい。

そして、いまの主人、ということになるのだから、わたしは、親子二代の揚げるとんかつを愛し、いまなお、それをたべているということになるのか。

とんかつが好きなのは、うまい、ということにちがいないのだけど、そればかりではなくって、庶民的で、いばっていないで、それでいて、たっぷりとし、ゆたかなためであるようだ。

ある時、とんかつの歴史を知ろうと思い、そこいら中《じゅう》の、それのにおいのする本を、あっちこっち、さがしたのだけれど、ない。百科事典にならと、たぶんあるだろうと思って、とんかつ、トンカツをさがしたのだが、ない。よオし、それなら、と、ポーク　カットレット、ポークカツレツ、ポーク　カツ、と、みていったが、さア、ひとつもない。

そうしたら、ようやく、ある外来語辞典に、

ポーク　カツレツ〔英 pork cutlet〕とんカツ，豚肉のカツレツ，ビフカツ，カツレツ

と、あって、そのあとに、仮名垣魯文の〈西洋料理通〉という明治初年の本に、ポールク　コットレッツ、とある、と、書いてあった。

なるほど、ポールク　コットレッツか。ポールク　コットレッツが、ポーク　カットレットとなりの、それからポーク　カツレツの、ポークカツの、とんカツ、あるいは豚カツという時期もあって、いまは、とんかつ、か。

豚という字をつかわれると、とたんに、げんなりするけれど、ひらがなで、とんかつ、とな

ると、なんとも、さらッとして、東京の下町の感触があって、その語感は、もう完全に、東京語といっていい。

それに、もうひとつ、とんかつッてもの、へんな、蔑視を受けている。なんの、なにがしというレストランへいって、ま、ひとたび、ポークカットレットとでも、ポークカツレツとでも、口へ出してごろうじろ。ボーイの顔に、一瞬、軽蔑の感情の流れるのが、さアッ、と感じられる。まして、とんかつ、などとでもいおうものなら、あとで、いくらグラスを高く上げたって、水をつぎには、きてくれはしない。

と、さア、それほど、ひがみっぽくなるほど、レストランなどというところでは、とんかつは蔑視され、意地悪く、扱われている。

もっとも、とんかつは、洋食の中に入らない、という御仁もあるから、たぶん、そうなんだろうと思ッちゃいるけれど、そんなら、メニューに入っていないかというと、ちゃんと、ポーク　カットレット、と、ある。

もっとも、そういうレストランのカツなるものはまずいので、あんまり、たべたことはないのだけれど、しかし、とんかつへの蔑視は、気になる。たぶん、とんかつというものの庶民性と、その繁栄に対する嫉視なのであろう。どうも、そうとしか、とれない。

ついでに、カツレツの項を引いたら、カツレツということば、万延元年に出版した福澤諭吉の〈華英通語〉に出ているのを知った。

と、とにかく、わたしが、とんかつを好きな、いろいろな理由みたいなものの中に、どうやら、明治百年というにおいも、意識しないで、じつは、なんだか、あるらしいような気もする。

＊

蓬萊屋は、ひるは十一時半から一時半、夜は四時半から七時半までのあいだだけ、やっている。とんかつというもの、夜より、ひるがいい。たいてい、駒込の病院の帰りに、寄る。病院には、一週間にいちど、娘の運転する、ちいちゃなクルマに乗ッかっていくのだけれど、一回おきぐらいには、千駄木の観潮楼のそばを通って、上野へ出て、蓬萊屋に寄る。

松坂屋の裏の、四つ角で、クルマをターンして、バックで、蓬萊屋の、連子窓《れんじまど》の下に、とめる。松坂屋へ、商品をはこんでくるクルマや、コーラの赤いクルマが、ひしめいていて、あれ、ちょっとした難所である。

いつも、娘よりも、ひと足早く、のれんをくぐるのだが、たいてい、いつも、待たされる。と、その時は、よっぽど、うまい間だったとみえて、揚げ場に向かって、いちばん、左の、奥のイスに掛けられた。

はじめ、ひとちがいだと思った。よくみたら、辰之助なのである。ひとちがいではなかった。蓬莱屋には、世にも、気の利いた女のひとがいるけれど、白い帽子と、上着の、コックスタイルで、若い男が、四、五人、働いている。

辰之助は、その中の、ひとりである。名を知らないので、わたしと娘で、辰之助とつけた。歌舞伎の、尾上辰之助に感じがよく似ていて、ま、千葉か、埼玉の、辰之助というところか。

いつも、店を入って、正面の、聚楽《じゅらく》風の壁のところに立っている。

蓬莱屋は、とんかつの皿と、茶碗と、高菜の香のものをはこぶと、すぐ、手ごろな土瓶がはこばれてくる。遠くから、さりげなくみていて、ご飯のおかわりを、さッと持ってくる。むろん、竹の、すがすがしい箸である。

こまかくきざんだキャベツが、また、好きで、こんがりと、黒く揚がっているとんかつが、まだ、残っている皿を、目の前に出して、わたしは、いつも、キャベツのおかわりをしてもらう。

そば猪口《ぢょこ》のようなのに、味噌汁を入れてくるが、これも、さっぱりしていていい。但し、希望をしないと、持ってこない。

むろん、オープン　キッチンで、いつでも、油がいい音をたてている。和風で、オープンキッチンをなんというのだろうか。客演公開調理場、なんてンじゃアいやだから、ま、洋風に、そういっておこう。

鍋の前で、おとがいをひいて、長い竹の箸を持って、二つの鍋に、たえず、気をくばっている蓬莱屋の主人をみていると、いま、とんかつのことしか考えてはいないという、そういう無心さに、こころ、打たれる。

それでいて、二階に、あと、いくついくのか、そういうことも、いちばん、よくおぼえ、考えている。

鉤《かぎ》の手に曲ったテーブルの、表通りに面した、いちばん、右の隅に、ふたつ、鍋がたぎっていて、ひとつの方は、あたらしい油を入れ、もうひとつの方は、古く、濃い油である。ほんとは、ひとつ、鍋であろうけれど、短い時間に、大ぜいの客を、あんまり待たせないでたべさせるのには、温度のちがう油で、仕上げなければならない。

ときどき、揚げる前の肉を、かわいがるように、ちょっと、手でおさえる。なんだと思ったら、肉の厚みを、ならすのだそうだ。そんな、気のくばりかたが、とんかつの出来上がりに、ちゃんと影響する。

黒く、こんがりと、なんとも、ほどのいい揚げかたである。いつも、べつに、串かつをとるのだけれど、この方は、少し、黄いろめに揚げてある。ソースは、むろん、蓬莱屋の秘伝である。からッとして、油ッけなんか、まったく、残らない。

その時、たべながら、わたしは、辰之助の変りかたに、感動した。感動という表現よりほかに、仕方がないだろう。

はっきりしたことはわからないけれど、二た月ぐらいのあいだ、辰之助をみなかった。デパートに、二軒、支店を出しているので、そっちを手伝っているのか、それとも、やめたのか、と、思っていた。

いちばん、小どりまわしの利かない、いちばん、意気のわるい若い衆《し》で、いつも、壁の前に、ぶすッ、とした顔をして、立っていた。

その辰之助が、いったい、なんとしたことであろうか。ひとりで、店のサービスを切りまわして、客の肩越しに、きりッとしたアクションで、ご飯のかわりを出す。なにかいわれると、かしこまりました、といい、それから、承知しました、という。客が出ていくのへ、毎度、ありがとう存じますといっては、さッ、さッ、と、皿をはこぶ。お待たせ致しました、と、いう声まで、変った。まるッきり、ひとが違ってしまったのである。

あとから入ってきて、となりにすわった娘も、すぐ、そのことに気がついて、ちいさい声で、辰之助、どうしたの？　と、いった。まったく、どうして、そう変ったのか、訊かないではいられなくなった。

と、ちょうど、わたしのまん前が、皿をならべて、揚ったのをのせる場所である。だから、ちいさい声でも、話が出来る。その日は、おかみさんの弟が、揚げていた。やっぱり、きりッとした、いいコックさんである。

顔が、前にきたので、どうして変ったのかと訊いたら、なんともいい間《ま》で、とんかつを切りながら、へい、やめちまえといいました、それから、少し間をおいて、死ンじまえとまでいいましてね、と、いった。

うッ、と、なんだか、返事につまった。

少し、また、間をおいて、よかったね、といったら、ええ、よかったです、といいながら、また、鍋の方へ近づいていった。

かんだ　藪

くさかんむりで、藪、と、書く。

神田、と、本字で書かないで、かんだ。つまり、かんだ藪、となる。

入口の、吊り行灯には、やぬそば、と、ある。やぶの、ぬに、変体仮名をつかっている。イメージアップのうるさい店だ。

わたしがまだ学生の時分には、この町、神田連雀町《れんじゃくちょう》という、いかにも、ひびきのいい名があったので、神田の藪で、そばを食おう、なんて、そんな、間のぬけたいいかたはしないで、ひとこと、連雀町へいこう、で、通った。

東京ッ子ッて、そういういいかたをこのみ、そういう表現の中に、また、神田の藪そばの、味の感覚が、よく、とらえられていた。

連雀町という、そういう町名をいっただけで、藪そばとなり、連雀町へいこう、ということで、藪で、そばでもたべようじゃないか、ということになっていたのだから、考えてみると、たいしたことだ。

昔、門のあるそばやッてものは、東京に、ちょいちょいあったけれど、いまは、この藪だけである。

わたしの好きなたべものやさんというものは、たべもの、そのものが、うまいことは、勿論の話だけれど、いいあわしたように、その、店、そのものの好みというか、こしらえというか、そういうものが、まず、かならず、いい。

それから、考えてみると、そこで働いているひとというものが、また、いいあわしたように、きっと、いい。

ただ、うまいものを、出すだけではない。

うまいうちというものは、店の好み、店のこしらえがよくって、きまってまた、そこに働いているひとたちが、いい。つまり、サービスがいい。

それともうひとつ、そういう店に限って、決して、高くない。もしかすると、高いのかも知れないけれど、なにから、なにまでいいので、高いとなんか思わないで、安い、となる。

ふしぎに、わたしの好きな店は、そういう条件が、ぜんぶ、おなじで、そろっている。その、どれかがだめでも、もう、バランスを欠いて、わたしには、うまくなくなる。つまり、どんなにうまくっても、それをはこんでくる人間がだめだと、わたしには、そのたべものさえいっぺんに、まずくなる。だから、困る。

でも、多かれ、すくなかれ、ほんとうは、誰しも、じつは、そうなのではあるまいか。サービスはひどいけれども、うまいから、たべにいく、というのも、ずいぶん、このごろ、多くなってきたけれど、なんだか、それでは、いやな野郎のような、気がしてくる。

かんだの藪という店、まず、店のこしらえから、好きである。

大正十二年の暮に立てて、今度の戦争に、焼けのこしたというから、古い。もう四十六年になる。それでいて、ちゃんとしている。

民芸風でいて、民芸風の、鈍重というか、くさみというか、そういうものがない。しっとりと、おちついていて、それでいて、いばったところがない。

聚楽《じゅらく》風の、壁の好みはむろんのこと、外の、竹の配置、お手洗《ちょうず》へいく、裏の、住居との境の、竹垣の好みまで、ぜんぶ、斉藤弘山氏の指導にしたがったという。十年ばかり前に、亡くなった茶人である。

入ってすぐの、八間《はちけん》というか、あの大きな行灯《あんどん》が、天井にさがっている下の、土間も、わるくはないけれど、わたしは、入って、すぐ左の、テーブルが、四つ置いてある一廓も好きである。

感心するのは、その奥の、座敷でつかっている二月堂の卓である。そばを、二月堂の上に置いてたべるのに、なんとも、ちょうどいい、そんな高さの卓である。

そばを、せいろからとって、猪口《ちょこ》の汁に、ちょっと、その下の方をつけて、さッと、口へたぐりよせるのに、なんとも、ちょうどいい高さの、二月堂なのである。これも、斉藤弘山さんか、と、訊いたら、主人が、いえ、それは、わたくしが考えました、と、いう。

若い衆《し》に、はかってもらったら、20センチあった。

なにか、気持ちがいい、と、いうことのかげには、きっと、そのことのために、一生懸命に、考えて、そうしたひとというものがあるものだ。

こう、改めて、書くと、なんだか、ちょっと、ぶってるような店に、まちがえられそうな気がするので、とくに、いうけれど、まったく、そんな、いやみッたらしい感じは、これッぱかりもない。なにもかもが、いかにもさりげなく、さばという、いちばん、町人の好みの、さらッとしたたべものに、ふさわしいムードと、ぴたり、とけ合っている。

それに、ここのうち、店の中が、なんともいえない、いい、くらさなのである。このごろ、むやみにあかるい店だの、むやみにまた、くらい店が多くなったが、ここは、そばをたべようというのに、ちょうどいいあかるさといったらいいだろう。

座敷にすわって、そんな、二月堂を前にして、そばのくるあいだ、いま、自分の入ってきた前の庭を、ぼんやり、みるのも、ここへくる、たのしみのひとつだ。

このごろだと、くッきりと、あくまで、あかるい、夏のあざやかな陽のいろが、かわいい二枚のすだれを通して、みえる。店の中が、いいくらさなので、それがシルウェットになって、そして、表の陽《ひ》のいろに、竹の青さが加わって、こッちへ、照りッ返すようにみえる。

しっとりと、敷石に、水が打ってある時なんかにぶつかッたりすると、東京だな、と、ふと、思い、自分が、東京ッ子であることを、ひょいと、うれしくなったりする。そんなことッて、このごろ、まるで、なくなってしまったことである。

それでいて、ここの調理場は、びっくりするように、あかるい。これも、見事な演出である。こういう舞台装置の、こんなムードの中で、たべるそばである。うまい。

そばのうまい、まずいは、むろん、どんなそば粉をつかっているか、ということが、あるけれど、もうひとつ、大事なのは、水洗いである。藪では、十回ぐらいは、水洗いをするという。それに、水の切りかげんが、こつである。あんまり、水を切りすぎて、かわいてもいけないし、水けがのこっていて、口に、感じられても、いやである。その、かねあいの妙である。

せいろに盛るのには、三ヵ所に、三つにして、そッと、おとす。

十回、水洗いをするということにも、水の切りかたの、かねあいにも、盛りかたの、そッと盛るという、その、そッとということにも、みんな、心が入る。そういうことの、ひとつひとつに、みんな、こころがなくてはならない。

そば、などという、いかにも、なんでもない、そういうたべものほど、なおさら、そういうこころがなくてはならない、というところが、わたしには、なんともおもしろく、そして、なんだか、ありがたいような、そんな気さえしてくる。

この、店と、調理場を、ぴたり、等分に、みわたせるところに、帳場がある。

きりッとしたおかみさんが、左右に、目をくばりながら、ひとつひとつ、註文された品を、かん高い調子で、調理場に、通す。

この声がまた、そばをたべているあいだ中、なんとも、うれしい情趣になる。

「せいろ三枚おふたりさん、天タネがつきまアーす」「お銚子一本、二合、三人さアーん」など。

せいろが三枚だけど、そば猪口《ぢょこ》は二人前でいいよ、それに天ぷらがつきます、ということである。お酒を二合、猪口は三つだよ、というようなことを、こんな、明瞭な、手ッとりばやい表現で、そして、すらッ、と、耳から入りやすい、うつくしいひびきのある調子で、つたえる。たまに、「せいろ二枚、土用寒《どようかん》」などと、そばやことばの出る時もある。つめたいそばと、あつもりを、ひとつずつ、と、いう註文の時の、そばやことばである。

戦争の前までは、註文を受けた女の子が、ひとりひとり、声に出していたけれど、戦後、帳場で、おかみさんが、ひとりでいうようになった。

はじめから、すらッ、といえたかと訊いたら、娘ン時から、聞いてましたからね、という。おかみさんは、もうひとつ、須田町寄りの通りの、これも神田の古い鳥屋のぼたんの娘だから、藪の主人とは、筒井筒、振り分け髪のつきあいである。考えてみると、藪のかみさんに、生まれてきたようなひとだ。ぴたりと、かなめのように、どうしても、そこに、いなくてはいけない存在になっている。

ここで、調理場からはこばれてくる、ひとつひとつのそばが、おかみさんの目の前に置かれる。そのひとつひとつに、目を通して、そして、店へはこばれる。

はこぶ女の子が、また、みんな、きりッとしていて、いい。「お待ち遠うさま」という。「いらッしゃーい」「ありがとう存じます」という声の調子も、昔、わたしが、まだ、こどもの時分に、父や、母と一緒に、のれんをくぐった、いろいろな、東京の、たべものやで聞いた、その時分の、いらッしゃーい、や、ありがとう存じます、と、まったく、おなじ調子、まったくおなじひびきなのである。

出て、ぼたんの通りの方にむかって歩くと、まるで、明治の店のような、かわいいおせんべ屋さんがあったり、そして、角に、しるこ屋の竹むらが出てきて、あの一廓、残りすくない東京らしい町だ。

そういえば、藪の、そばまんじゅうの餡は、竹むら製の由。さらッとした、いい味である。ここも、藪とは、親戚だという話である。

日本橋　まるたか

1

縄のれんというもの、いま、いきだと思うひとの方が多いようだが、あれ、ほんとうに、いきなのであろうか。

わたしは、そうは思わない。

いき、というには、少し、荒ッぽすぎ、むしろ、伝法《でんぽう》といった感覚にちかい。

だから、たいへん、使いかたがむずかしいと思うのだが、どうであろうか。

洗練された味があるので、ずけり、ゲテともいえないのだけれど、縄のれんというものの、掛ける場所、位置、環境、もしかすると季感、それに、たとえば、朝よりは昼、昼よりは、店に、ぽっと、あかりのついた薄暮から、夜にかけての方が、もっといいように、掛けるタイミングさえあるようだ。

ひとくちに、縄のれんというけれど、使いかたはむずかしいようだ。

わたしなんか、東京生れの、明治の末ッ子は、こどもの頃、縄のれんの掛った店というと、ほんとうは、特殊な店だと思いこんでいたものである。また、事実、そうだった。

花柳章太郎の、新内語りの鶴次郎が、大矢市次郎の、番頭の佐平と、夜更けて、犬の遠吠えを聞きながら、酔い泣きをして、無理にあきらめた恋を語るのには、縄のれんの店はふさわしいのだけれど、かすりの筒ッぽを着た少年の安藤鶴夫が、観音さまの帰りに、母親に連れられて、ご飯をたべに寄る店なんかは、縄のれんではおかしかったのである。

そういう、東京の感覚とでもいうべきものは、あれ、関東の大震災あたりから、しだいに、なくなってきたのであろうか。

一時、縄のれんが、やぼったく乱用されたときがあって、使いかたに、そんな感覚の、まったくない掛け方をされていたけれど、まるたかの縄のれんは、いい。

どうしても、そこに、縄のれんが、なくてはならない。そういう、なにからなにまでが、どんぴしゃりの掛けかたで、掛けられているということである。

昭和通りの、江戸橋の方から入るとちかいけれど、ハイウェイがかぶさり、ビルばかりの、そんな路地を入るよりは、少し、遠くなるけれど、三越の、室町《むろまち》の向う側の通りを抜ける方が、わたしは好きである。

いかにも、東京の町なのである。

これから、そばをたべようという時には、そばをたべるのにふさわしいところを歩いていきたいし、寿司だってなんだって、ほんとうは、やっぱり、そうだ。

あの横町、べつに、とくべつな名はないようだけれど、色紙や短冊や、さっぱりとした祝儀袋なんかを売っている有便堂《ゆうべんどう》だの、昆布《こぶ》のつくだ煮のうまい鮒佐《ふなさ》だの、寒くなると、きりッとした煮こごりを売り出す、半ぺん、かまぼこの神茂《かんも》だの、たこの桜煮の辨松《べんまつ》などと、いかにも、東京らしい店のある町である。

その神茂の角を右へ曲って、左の、麻雀の看板のある路地をもうひとつ曲ると、ひょろッとした柳の枝が垂れ、酒亭まるたかという行燈がみえる。

2

隅から隅まで、なんとも、小ざッぱりとしたかわいい店である。

おやじさんが、銅《あか》でつくった、大きな酒の燗《かん》をつけるやつから、ふっくらとした手で、徳利に酒を受けたり、おかみさんが、小どりまわしよく、刺身をつくったり、しゃけを焼いたりしているのをかこって、そこが、七人。

窓ぎわに、テーブルが二つあって、四人ずつだから、しめて、十五人入ると、もう、いッぱいになる。

隅に、菊正の樽が据えられ、正月には、この上に、薄く、淡い、赤と白の、まゆ玉がたわわに垂れる。

酒や肴を置く卓は、ぜんぶ、檜を使っている。

わたしは、入って、すぐ正面の、いちばん、右の隅が好きで、酒がまだのめた頃、そこで、毎晩のように、くたくたと酔い、おとうちゃんと、せんべだの、いなりずしだの、西洋あんずでないあんずの話をしたりして、いつも、午前さまになっては、まるかたに迷惑を掛けた。

おとうちゃん、もう、壜詰めじゃねえな、樽をつけなくッちゃいけねえな、と、そういって、樽にさせたのは、ほかならぬわたしである。

樽をつけた日、お初をわたしにのませるといってくれて、勇んで、出かけようとしたら、わたしは、なんとその時から、もう、酒をのんではいけないという宣告を受けた。

そろそろ、ひと昔ちかくに、なるであろうか。

だから、まるかたへ、こんどは、うち中で、ご飯をたべにいき、こんどは、娘が、おじちゃん、すみません、おかわり、などというのを聞きながら、店の隅の、樽をみると、いつでも、わたしの、その、のめなくなった日のことを、思い出すのである。

二十五年の夏、ここへ越してきたというから、十八年。熊谷蓮生坊が、あ、夢であった、という年よりも、二年、多い。

いつも、さりげなく、きりりと、拭きこんである檜の卓の角が、なんともほどのいい、うれしいまるみを持っているので、なつかしくもあって、そっと、撫でてみた。

そうしたらおじちゃんが、えらいものですねえ、いつのまにか、そんなまるみがつきまして、と、いった。

十八年のあいだに、おのずとついた、まるみだというのである。

粛然とし、それから、わたしは、これが、まるたか夫婦を、なんと見事に、象徴しているか、と、思った。

まるかたでは、こんなものが出てくる。

かわいい小鉢に、いりどうふ、みそ豆、それに、このあいだは、卯の花炒《い》りも出た。

いりどうふは、生《なま》の豆腐をていねいにすりつぶして、それから、浮き上るくらいの水で、火にかける。三十分ぐらい、かかる。それから、こんどは目笊《めざる》へ上げて、しぼる。具は、木くらげのきざんだのを入れて、これが、いい歯ざわりになる。にんじんを、こまかな千切りにして、ねぎは、ちょうど、薬味ぐらいにきざんで、いためてから、入れる。

しかし、まるかたのいりどうふを、たいへんおいしくしているのは、そっと、形のみえないぐらいに、豚を、かくして入れていることであろう。

卯の花炒りなどと気取ったが、つまりは、おからである。浅蜊《あさり》のむきみを使っていて、あとは、ねぎに、にんじんである。ねぎは、二分切りぐらいにして、おからの場合、ねぎは形がみえないと、うまくない。

この、ねぎの切りかたは、浅蜊と、生ねぎに、かるくみそで味をつけて、ちょうど、牛めしの場合の牛のように、じゃぶッとぶっかけたのを、昔、深川めしといっていたが、そっくり、深川めしのいきで切るねぎの切りかたが、このおからの場合にも、大事なアクセントになる。

それに、いりどうふの場合は、玉子の黄身をみせないようにして、そっと、まぜることが腕である。腕というよりは、そういう、こころといった方がいいかも知れない。

にこごりも、出る。まだ、酒ののめた時分、にこごりが出てくると、そろそろ、二の酉がくる。そして、あれ、二月いっぱいのものだから、まったく、寒いあいだだけのお通しである。

そんな、まるかたのお通しひとつに、空ひとつ、身にしみてみることのなかったような、そんな忙しい男が、あ、冬だな、ああ春がきたな、と、そんなふうに、季節の移りかわりを、ふと、感じるのであった。

ある時、銀行に勤めていたともだちが、いかにも、食通らしき客人を、どこへ案内したらいいかと、さんざ、考えた末に、まるかたへ連れてきた。

さだめし、喜んでくれたろうと思いのほか、あとで、その客が、うちでたべている惣菜みたいなものばかりをたべさせられた、と、いったそうで、ど百姓め、と、腹を立てていた。

なるほど、その通りである。

昔、わたしたち東京のうちでは、日日のお惣菜に、いま、まるかたでたべさせてくれるような、そういう、いわゆる惣菜をたべていた。

いまだって、そういえば、やや、そんなこと、いえないこともない。

ところが、どうして、では、まるかたの、いりどうふや、おからが、とくべつにおいしいのであろうか。

まるかたで、小鉢を手に持って、箸をうごかしていると、わたしには、なんだか、おふくろの味が思い出される。なんとも、情のこもった、なんともあたたかい、誰にだって、なつかしい、あの母親の味である。

とうふだの、おからだの、そんな、なんでもない、つまり、お惣菜の材料に、どんなに心をこめ、どんなに、手間ひまをかけ、どんなに気をつかって、つくるかということである。

そして、そんなことなんぞ、まったく、なんでもなかったかのように、さりげなく、謙遜して、その小鉢が、さッぱりと拭きこんだ卓の上に、しずかに置かれるのである。

3

あなたが、東京の夫婦だと思う、そういう夫妻をお知らせ下さい、という、ある新聞のアンケートに、わたしは、躊躇なく、日本橋まるかたの夫婦と答えた。

おとうちゃんは、高橋定嗣《ていじ》、おかみさんは、豊《とよ》。ともに、生粋の江戸ッ子である。

懐石　辻留

A

おやじから、義太夫を稽古しはじめたのは、大学の仏文科で、ヴァレリーの〈レオナルド・ダ・ヴィンチの方法序説〉を教わっていた時分からのことだった。

いつでも、なぜ、肩に力が入るんだ、肩に力を入れてはいけない、それ、また肩に力が入る、といっては、いつも、そのことで、叱られてばかりいた。

そして、わたしは、義太夫などという、体力を必要とする芸は、もう、できない人間になって、たまに、小唄のひとつもうたう、そんな年の人間になったのに、日常、茶碗の中に、ふと、自分が、いまでも、やっぱり、時どき、肩に力が入っていることに気がつき、がっかりすることがある。

雀百まで、と、いうけれど、死ぬまで、肩に力の入るまま、終るのか、と、なさけなくなる。

おやじは、義太夫を語るのに、と、いうことは、つまり、芸をしようというのに、そう、肩に力が入ってはいけない、ということで、いつも、そのことを注意してくれたのだが、いまのわたしには、もう、誰も、そんなこと、気をつけてくれるひとがいなくなってしまった。

そうしたら、自分で、時どき、ふと、あ、肩に力が入ってるな、と、気がつくようになった。

へんな話をはじめたけど、辻留《つじとめ》の主人に逢うと、どういうものだか、わたしは、とうとう、六十面《づら》をさげたこんにちまで、わたしの肩に力が入っていることを、きまって、思い出し、一瞬、そっと、肩から、力を抜くのである。

それが、なぜだか、わからないのだけれど、いちばん、単純に考えて、たぶん、辻留の主人は、わたしとはまったく逆に、肩に力を入れていないひとなのであろう。

肩に力を入れているということは、ただ、それだけのことではなくって、世の中に対して、力《りき》ンでいるということでもある。

おやじは、芸をするのに、力ンではいけないと、そのことを教えてくれたのだけれど、せがれは、少し、おとなになってから、それは、なにも、芸だけのことではなくって、人間が生きていくことの上に、力むな、ということだとわかって、そのことの、わかったことに、自分で、そっと、満足した。

それでいて、さて、それが、いつまで経っても、なおらないのである。ひょいと、気がつくと、いつのまにか、肩に力が入っていて、そして、力を抜くと、瞬間、腕の肉がちょっと、緊張をほぐされて、ほんの少し、痛むのである。

そのことをいけないことだと思い、そういう自分が、いやだな、と思いながら、それが、いつまで経っても、なおらないのである。

辻留の主人というひと、逢っていると、だから、わたしは、いつでも、すぐ、くつろぎ、つい、なんとなく、にこにこしちゃう。

昔、わたしがまだ少年の頃には、こういう、辻留のようなひとが、世の中には、大ぜいいて、わたしは、おとなというものは、こういうひとのことなんだな、と、そう、ひとりぎめに決めて、自分も、おとなになったら、こういうおとなのひとになろうと思った。

辻留は、生粋の京都人で、わたしは、東京の浅草で生まれたのだけれど、明治から、大正のはじめにかけて、東京の、生粋の下町には、いまの、辻留の主人のようなひとが、大ぜい、いたということは、ひどく、おもしろいことだと思うそれでいて、わたしは、そういうおとなにはなれないで、いまだに、肩に力を入れているのだから、時どき、自分で、自分がいやになる。

B

辻留へ電話をしたら、では、赤坂の店へおいで下さいませんか、という。豊川稲荷の前の、虎屋ビルの地階である。数寄屋風の、きりっとした部屋が、六室ある。

慈雲の字で〈没可把《もつかは》〉とあって、竹の花入れに、白玉椿が一輪、なんとも、さりげなくさしてある。

没可把、とらまえどころなし、と、いう禅語だと聞いている。そういうことをいっているかたわらに、凛として、一輪の椿が、白を主張しているのだ。

献立は、こうであった。

向附は、若狭の、ひと塩の甘鯛《ぐじ》の細づくりで、懐石というと、きっと、出てくるもののようになっているが、しかし、結構な、酢のあじわいである。

かわいいいれものに、岩茸と、甘草で、これはわさび。

少しばかり、みんな、しゃっちょこばっていたのが、こういうものを、箸につまんで、しずかに、口へはこんでいると、ふと、こころなごやみ、それこそ、いつのまにか、肩から、力が抜けているのである。

汁は、ふくさ味噌仕立、青海苔麩に、青味は銀杏、吸口はとき辛子《がらし》。

椀盛の、鶉《うずら》の叩きよせが、また、いい。清し汁で、豆腐は四方焼、大根の青味で、吸口はへぎ柚子である。

そういうひと品、ひと品に、冬がきたな、と思う。

焼物も出て、真魚鰹《まながつお》の幽庵焼の、渋い焦げ茶の照りと、それに添えられた青竹の箸の、その、濃いまッさおな色とが、ものの見事に調和し、ぱアッ、と、なにか、清潔ないろけのようなものがただよう。

青竹の箸にも、流儀で、少しずつ、違いがあるようだけれど、ちょうど、持つあたりに節があったから、あれ、中節《なかぶし》というのであろうか。

正直いって、懐石の器や、茶器など、わたしには、わからない。そういわれれば、そうでございますか、というほかはない。

しかし、そういう、器の中に、この、青竹の青を生かして、まったく、なんでもなく、この青竹の箸を配した、茶人の、禅味というか、さびというか、なにも、そこまでいわないでも、そういう、しゃれッけというか、そういうボン・グウに、ほんとうに、頭がさがる。

そのことだけが、すばらしいというのではなく、そのことのために、そのまわりの、ひとつひとつの器が、ことごとく、生き生きとし、はえる。

それが、たった二本の、この、まったく、なんでもない、青竹の箸のためなのだから、おどろく。

そして、この青竹の箸、たとえば、わたしのうちの、夕餉の卓につかったたって、それこそ、たぶん、なんのことはあるまい。

こういう、茶懐石の、いかにも、きりりとした食事の、茶のこころを体した、たべるということの秩序であろうか、そういう、きりりとした秩序の中に、青竹の、青という、天然、自然の色を配したということに、器も、箸も、ともに、生き生きとし、はえるのである。

昔のひとは、なんという、えらい、見事な、生活の知恵を持っていたかと、感心し、そして、すぐまた、そのことが、わたしたちの、古くから伝えられている芸とか、芸術に、つながり、生きていることに、また、改めて感動するのである。

預鉢は、二種類。海老芋、伊勢海老の煮合せ、それにうつくしく、きざみ柚子。

もうひとつは、みる貝、赤貝、寿のり、うど、京三つ葉のおろしあえ、これがまた、おいしかった。

箸洗は、鶉のきも、香りは、針しょうが。八寸は、鶉だき身で、ひと塩のくわ焼、そのほか。辻留の主人は、いつでも、よく、懐石は、お惣菜でんね、と、いうけれど、ほんとうに、そうだと思った。

ただ、いわゆるお惣菜とちがう、いちばん、大事なところは、日常の、なんでもない食事の中に、茶のこころというか、茶事の洗練というか、そういう、こころのあたたかさ、と、仏教のことばでいうと、霊性であろうか、そういう、きわめて、高い霊性の、なんとも、すがすがしいレファインとでもいったらいいか。そういう、みがき上げ、洗い上げて、しかもなお、そういうことが、かげをとどめないで、そして、さりげないお惣菜なのであろう。

少年の頃に、なんでもなくたべていた、母のつくったお惣菜の味が、これに、いちばん、よく似た味だと思った。

C

辻嘉一。明治四十年十二月三十一日の、午後五時三十分に、生まれた。これほど、忙しい日の、これほど、忙しい時間は、あるまいという時に、生まれた。だから、始終、誕生日を忘れ、しもうた、と、思う。

親というものは、しかし、ありがたいものである。誕生日を、一月二日にしていてくれた。南座の顔見世がすんだあと、毎年、素人芝居があって、二ツ玉の勘平など、白塗りをつづけたけど、十年やって、引退。ことし、還暦を記念して、大曲《おおまがり》の観世で、舟弁慶を演じた。二か月の稽古だそうで、じッと立っている時が、いちばん、むずかしかったそうだ。

著書は、もう、十六冊になった。

小唄、清元がいけて、俳句もつくる。

ふっくりと煮えあがりたる栗の艶

ひとの、まず、三倍は働いている。たぶん、誕生日のせいもあるだろう。

浅草は駒形どぜう

〈どぢょうは泥之魚《どろつを》の意。古くよりどぢゃうと訓じ、また一般にどぜうとも書き泥鰌《でいしう》の転。或は泥生《どじやう》・土生《どじやう》の意なりというも、大槻文彦は、高田與清の松屋日記に「泥鰌、泥津魚の義なるべし」とあるより敷衍《ふえん》してどぢょうとせり〉

と、平凡社の〈大辞典〉にある。

「帰りは、どぜうとするか」

といえば、それで、駒形《こまかた》のどぜうと、すぐに、わかり、通用した。どこの帰りであるかは、べつに、説明することもあるまい。

浅草の観音さまから近いのだけれど、駒形橋《こまかたばし》のところから、厩橋《うまやばし》へかけて、通りがちょっと左へ曲って、観音さまからは、すとんと、まッすぐの通りでないものだから、このうち、浅草の観音さまを中心とするカルティエから、ちょっと、除外されて考えられるのは、かわいそうな気がする。

れッきとした浅草の名物である。享和元年（一八〇一）からだというから、百七十年ののれんである。かの、鈴屋《すずのや》のあるじ本居宣長の死んだ年だから、古い。

こどもの時、父親につれてこられた。浅草で、芝居や活動写真なんかをみたあと、ほてった顔を、少し、川風に吹かれて、駒形まで、歩かされた。ずいぶん、遠いところのように思った。抱え車ではなかったけれど、なじみの車夫を、わたしたちとは、べつにたべさせて、表に、車を置いておいて、それに乗って、蔵前《くらまえ》のうちへ帰った。

ほんとうは、洋食の方がたべたいのだけれど、五どにいちどは、駒形どぜうに連れていかれた。どぜうの顔が、だいきらいなねずみに似ているのがいやで、わたしは、すぐ、柳川鍋《やながわなべ》をとってもらった。

柳川の蓋をとると、ふうーッ、と、湯気《ゆけ》の立ちのぼるのが、いまでも、なつかしく、思いだされる。あの、湯気の、ふうーッという立ちかたひとつにも、秋のはじめには、秋のはじめの、冬のもなかには、冬のもなかの、それぞれ、ちゃんと、違った季節感があった。そんなことを、こどもごころに、ぼんやり、感じていたのだから、なんとも、生《なま》ちゃんなこどもであった。

それから、ものごころついて、朝、帰りはどぜうとするか、おいきた、と、いう時があって、そして戦後、ある時、桂文楽さんとふたりで、あるPR誌の註文で、二、三軒、バーだの、ビヤホールを歩いて、写真をとられながら、ここへきたことがある。

写真の都合で、向う前にはすわらず、壁に、背中を向けて、ふたりで並んだ。

前に、銅《あか》を張った、細長い板が敷いてあって、その板の上に、じくじくと、どぜうの鍋が、ねぎを山のように盛って、煮えて、うごいていて、わざと、やぼったい白い徳利《とっくり》が置いてある。

そこに、ゆったりとあぐらをかいて、のみ、あるいはたべるというかッこというか、構えというかが、わたしのような、東京の下町びとにとってはまた、なんと、なつかしいことであろうか。

そうしたら、柳川鍋が出てきた。

わたしは、すぐ、たべはじめて、少しして、ひょいと気がついたら、文楽が、右手に、蓋をとった、その、途中のかッこのまンまで、じいッと、鍋の中をみている。

様子で、さっきから、そうしているらしく思えたので、ちょっと、へんだと思って、

「どうしたの?　文楽さん」

と、声をかけた。

そうしたら、文楽が、こんなことをいった。

「あたくしゃね、あたくしゃア、いつでも、このゥ、柳川をいただく時にね、いつでも、ああ、昔のひとてえものは、えらいもんだなと、つくづく、感心しちゃうン」

というから、それでもう、なんだかおかしくなって、へええ、どうして？　と、訊いたら、柳川鍋の下に、ごぼうを、こまかく笹掻《ささが》きにして敷く、と、いうことを考えたひとというものは、なんて、えらいンだろう、と、いつでも、そのことに、感動するというのである。

文楽さんにいわせると、それには、ねぎを敷くということもあるだろうし、にんじんだって、考えられる。だいこということも、あるいは、あるかも知れない。

それなのに、そんな中から、ごぼうを考え、そのごぼうを、ささがきにしたのを下に敷いて、どぜうを、玉子でとじるということを考えたひとは、いったい、どこの、なんというひとだろうか、と、いうのである。

だから、わたしは、そんなことは、誰が考えたのか、どんな本をみたって、書いてはないといった。

そうしたら、そのひと、えらいとは思いませんか、と、いうのである。だから、えらいと思う、とても、えらいひとだと思う、と、いっておいて、わたしは、しかし、柳川の蓋をあけて、そういうことを考え、そういうことに感心する、文楽さん、あなたのことも、えらいと思う、えらいなア、と、いった。

ほんとうに、そう思った。わたしだって、そうだったけれど、柳川鍋の、ささがきごぼうについて、誰がいったい、そんなことを考えたひとがあったであろうか。誰も、いない。

そしてわたしは、黙って、しばらく、そのことを考えながら、柳川鍋をたべているあいだに、決して、大げさなんかでなく、あ、これが、柳田国男先生の、民俗学だな、と、思った。

柳田民俗学という学問の、ものの考えかたというものが、つまりは、この、桂文楽の、柳川鍋についての感動と、おなじところから生まれていることを考えて、わたしは、また、改めて、桂文楽というひとに感動した。

それが、この、駒形どぜうでのことであった。

このうち、よく、屋号があるのか、と、それが問題になる。〈駒形どぜう〉を、一板看板にして、どこをみたって、屋号なんか、書いてないからである。

このあいだ、ある席で、芸者たちが、駒形どぜうの屋号について、しきりに論じていた。話が、ふたつにわかれていて、こッちは、べつの話をしていたから、小耳に聞き流していたのだけれど、そのうちに、とうとう、その芸者のひとりが、わたしに、そのことを質問してきた。

わたしは、たいへん、得意だったが、しかし、わざと、そんな顔はしずに、ああ屋号かい？　あるよ、と、さりげなく、越後屋、いまの主人が、五代・助七ッてンだ、と、いったら、芸者たちはびっくりして、天下のもの知りの如くに、しばし、わたしをほめた。

しかし、じつは、わたしも、三、四年前に、主人から聞いて、はじめて知ったことなので、〈駒形どぜう〉に、屋号なんかないものだとばかり思っていたのだから、ひどく、くすぐったかった。

ひさしぶりに、入って、つきあたりの、左の隅にすわって、浅い、ちいさな鉄の鍋で、ねぎだくさんの、どじょうをたべていると、つい、隣り近所のお客さんたちと、相撲の話とか、ことしは、花がおそいとか、そんな、世間ばなしをしたくなるから、妙である。

むろん、げてには違いないけれど、おなじげてでも、このごろ、げてはげてなりに、へんに、いばっているものが、多くなった。そこへいくと、まず、ここいらが、げての中のほんものの、げてではあるまいか。

古風にいうと、二十三尺のたッぱだから、天井の、とくべつ、高いのが、すばらしい舞台装置になる。いわゆる、八間《はちけん》という、江戸の、掛行灯《かけあんどん》の一種を、そのまま、天井からさげると、少し、さがりすぎるので、大きな梁《はり》を境にして、細長いサイズを、左右に並べて昔の、八間のムードにしている。いま出来の、照明器具をつかうと、そのために、どこかに、いばったようなとこが出てくる。

三十九年の四月に、いまの店を建てたけれど、南千住の薪屋《まきや》だの、草加《そうか》の質屋だの、やれ粕《かす》壁《かべ》などと、江戸の、切妻《きりづま》づくりの建物をみて歩いたが、先代が建てた時のかどかどを、いまの、五代・助七が、障子紙にメモしておいたのが、役に立った。

木口は、檜《ひのき》だが、いばってみえない。畳は、とむしろ。籐《とう》で編んだ筵《むしろ》である。このごろ、ほとんど使わないけれど、鳥鍋やだの、しる粉屋だので、使っていた。

とむしろというもの、畳なんかより、きりッと、清潔感があって好きなのだけれど、その感触とおなじように、ちょっと、ひややかなところがある。それが、ここのとむしろは、そうではないので、なぜか、と、思っていたら、助七の話を聞いているうちに、わかった。

とむしろの下は、板敷きだが、それだと、どうも、足のさわりが、こちん、と、かたくなる。それで、考えて、板敷きの上に、茣蓙《ござ》を一枚敷いて、その上に、とむしろを敷いてみた、と、いうのである。

この、越後屋助七、わたしとおなじように、もとは、たいへんなべろ助だったが、ちょうど、わたしとおなじ頃に、酒ののめないからだになって、いまでは、一、二本、また、のめるからだになっている。

駒形というところに惚れていて、自分の商売に惚れて、もうひとつ、かみさんに惚れているという、いわゆる、三ぼれの、典型的な男である。それだからこそ、とむしろの、足ざわりをよくしようと、下に、茣蓙を敷くというようなことを、お客さまのために、考えたのであろう。そういうことが、わたしは、ほんとうのサービスというものだと思っている。

ちなみに、亭主は、生えぬきの江戸ッ子だが、かみさんは、これは、生粋の、京女。嫁にきたてに、なにかいうと、笑われて、かなしかったそうだ。おだいが、大根、おかぼが、唐茄子、いかきが、笊《ざる》……

正面、神棚のわきに、八十六歳　鶯亭金升《おうていきんしょう》とあって、こんな額がかかっていた。

いつ迄も月雪花の都かな

解説 マルチ作家は渋好み

岸川真（作家）

本書の著者である安藤鶴夫は「わが落語鑑賞」（河出文庫）や「寄席紳士録」（平凡社ライブラリー）といった芸や芸人を活写した随筆・評論のみならず、「巷談本牧亭」（河出文庫）のような小説から歌舞伎評論、食のエッセイなどなど多彩に筆をふるった人だ。

今で言うならマルチタレントと片付けられるだろうが、当時の格を考えたら、そんな括り方で安藤を呼ぼうものなら一喝されてしまうに違いない。

じっさい、拙稿を起こすにあたり、安藤と仕事をした数少ない方々に話を伺えたのだが、けっこう「箸の上げ下ろしのように言葉遣いで叱られた」と苦笑いしていた。

この叱られた方々、当時は若きラジオマンであったり、放送作家であったり編集者であった。当時、若者雑誌を出していた平凡出版の編集者氏が語る。

「私らはケーハク雑誌の編集者で、まあ、みゆき族とかあの手の流行に乗ってアイヴィールックでね。原稿を頂こうと依頼の手紙を出すと、お電話が来ましてね。どこそこに「いらっしゃい」なんて。それでノコノコ顔を出して、流行りの言葉なんか使うでしょ。するとピシャッとやられましてねぇ。怒られてから飲むコーヒーのひどく苦いこと！」

とはいえ、明治四十一（一九〇八）年東京は浅草橋の生まれ、江戸っ子特有の気風「五月の鯉の吹き流し」である。こっぴどく叱ったことも忘れてしまう。

言葉遣い、という点で厳しい安藤は己の書きものにも忠実だった。自分が日常口にする喋り言葉を自然に文章へ織り込む。

ひょいと、仕事のひまが出来ると、わたしはそのまんまのかっこで、四谷見附からタクシーに乗って、専修大学前で降りる。いつでも、あれから、神保町に向って右側の古書店街を駿河台まで歩く。

（「神保町」）

それに、もうひとつ、とんかつってもの、へんな、蔑視を受けている。なんの、なにがしというレストランへいって、ま、ひとたび、ポークカットレットとでも、ポークカツレツとでも、口へ出してごろうじろ。ボーイの顔に、一瞬、軽蔑の感情の流れるのが、さアッ、と感じられる。（中略）と、さア、それほど、ひがみっぽくなるほど、レストランなどというところでは、とんかつは蔑視され、意地悪く、扱われている。

（「上野　蓬萊屋」）

こういった名調子。「ひょいと」「なんの」「ま、ひとたび」「と、さア」なんて自然に書くことは現代では、よほどの低徊趣味とかがない限り出来ない。既に失われ、僕などが耳にすることのできない東京言葉が書けた時代なのか。

「いえいえ、僕らが安藤先生とお仕事をさせて頂いた当時だって珍しい書き方でした。あえて消えていこうとする、祖父母世代の言葉をお書きになってると思ってました」(前出の編集者氏)

なるほど、消えゆく言葉を文章にしたということか。

ふいに書き写してみて、「長屋のご隠居」という名が浮かんだ。いやいや、字面では落語に出てくる通人やご隠居さんに似ているけれども違うのだ。安藤が右の文章を書いたのは昭和三十九年の東京オリンピック直後のものである。

ここで元号で考えてしまうとピンとこない話になる。先の東京オリンピックは一九六四年だ。書いた安藤は五十六、七歳の頃ということだから、ご隠居さん呼ばわりするにはまだ若い年齢だ。

老作家とするには若いけれども、失われゆく方言を残したいという志があって綴ったというのは凡庸すぎるほど、納得がいく理由である。

けれども、本書の随筆を読み、他の著作も読むと「それだけかな?」と思う。どこかケレンに似た芝居っ気がある感じがする。そんな気分を抱えたまま、僕は安藤に学生時代師事したという演芸ファンに会うことになった。

学生弟子を任じたAさんは現在は茨城県在住。長年続いた造酒屋を閉じて、今は悠々自適と手紙にあった。原稿では仮名に、というお願いは「いや、お恥ずかしい話、道楽が過ぎてバブルの時に家を傾けたんで」

と笑っておられた。

会見場所に指定されたのは昼下がりの上野精養軒である。

「昭和四十二年ごろかな。学生時代、僕は演芸会みたいなのをやろうと思って、お会いする機会を得たんです。それでお宅へ訪ねていったんですが、門前のとっつきで立ってるのが丸坊主にした先生でね。私、そこにいるのが、うっかりとんでもない爺さんだと。で、もういっぺん見直してみたらシャンと立ってるんですよ。それは中年紳士、小さな工場の経営者って感じで。

挨拶すると「ホーッ」って声出されてね、咳き込まれて。慌てて駆け寄って挨拶するとなんだか目が悪そうにしばたいて、丸眼鏡をずりさげて。瞬間は年寄り、次に紳士、その後にまた年寄りですよ。それから喫茶店でお話するあいだじゅう、なんていうのかな、老け役の名優と喋ってる気分でしたね」

この話を伺った後、同じように、わざと実年齢より老けてみせる逸話を現代笑いの生き字引であり、今様の安藤鶴夫（あわせて安藤のライバル・正岡容でもある）とも言える高田文夫先生から教えて頂いた。

この芝居っ気はどこから来るのかという問いに、Aさんは自分だけの考えと断った上で語った。

「昔は四十過ぎたら初老って言われてましたけどね。それと先生は直木賞をもらったり、芸事の筋から慕われるには若いって気がしてたんじゃないんでしょうかね。「正岡（容）って男は俺を殴ったりロクなやつじゃなかったが、あいつがいないんで、先生、先生と呼ばれるのがね。二人先生なら若くってもそっくり返っていられるが」なんてことも仰ったり。

もとからご隠居趣味、渋好みがあったにせよ、処世上のスタイルも多分にあったんじゃないんですかねえ」

東京オリンピックの前年、五十五歳で直木賞を獲る。受賞を知った正岡門下は「先生が生きておられたら、荒れて荒れてたいへんだったろうなあ」と安堵したらしい。正岡も安藤と同じく小説から芸能全般を書ける多才の人だったが、一九五八年に死んでいる。

＊

店のつくりや、大きさなんかも、まったく、昔の店の通りで、ちっともいばらず、ひッそりとしている。それが、いかにも東京の店という気分にしている。（中略）

わたしは妙な男で、でこでこと、大仰な構えの店を、だいたいに於て信用しない。とくに、和菓子なんてものは、小体な店の奥で、ひッそりと、こしらえているようなうちのでないと、ありがたくない。

（「さゝま」）

本書未収録のエッセイに右の節がある。この神田の和菓子屋は、安藤の理想である姿ではあるまいか。渋く年令を重ね、東京の消えゆく言葉を織り込み、六十歳手前で老人を演じる。処世かもしれないが、その生き方もまた消えゆく東京人の姿ではなかったか。

本書は旺文社文庫『昔・東京の町の売り声　ラジオエッセイ集』『ごぶ・ゆるね』『年年歳歳』を著作権者の諒解のもと、再編集したものです。過去の初出データに不確定の部分があり、今回、初出記載は見送りました。（編者）

安藤鶴夫 あんどう・つるお

一九〇八（明治四十一）年東京市浅草区向柳原町生まれ。八代目竹本都太夫の長男。都新聞を経て文筆家へ。落語を中心に芸能全般の評論を手がける。また演芸プロデューサーとしても活躍。六三年「巷談本牧亭」で直木賞受賞。六九年、持病の糖尿病が重くなり、都立駒込病院で死去。

東京《とうきょう》の面影《おもかげ》　安藤鶴夫《あんどうつるお》随筆傑作選《ずいひつけっさくせん》

二〇二〇年六月五日　第一刷発行

著者　安藤鶴夫
発行者　田尻　勉
発行所　幻戯書房
郵便番号一〇一―〇〇五二
東京都千代田区神田小川町三―十二
岩崎ビル二階
電話　〇三（五二八三）三九三四
FAX　〇三（五二八三）三九三五
URL　http://www.genki-shobou.co.jp/

印刷・製本　中央精版印刷

ISBN978-4-86488-197-5　C0095